啄木の妻

# 節子星霜《せいそう》

ひとり芝居・二幕

作・山本　卓

同時代社

# 『節子星霜』によせて

別役　実（劇作家）

劇作家の使命は、言うまでもなく人間を描くことであるが、よく描かれた人間は必然的に、その人間の生きてきた時代を映し出す。そしてこの『節子星霜』ほど、その点を我々に伝えてくれる作品はないであろう。

啄木の妻である節子は、そして節子の語り出す啄木は、生活の中でとめどもなく葛藤をくり返すが、同時にそれは、啄木がいみじくも感じとった「時代の閉塞感」の中でのあがきであることを作者は確かめている。その意味でこの作品は、極めて構造的なものと言っていい。

更には、これに似て「閉塞感」が今日の社会にも漂いはじめており、我々はそれに対してほとんど為す術を持たないのであるが、作者は、節子と啄木の個別的な生活の場における、それ自体は不毛に見える角逐が、これを「閉塞」と感じとり、ひいてはそれを打開する手だてともなり得るものであることを、暗示しているのかもしれない。ともかく、節子と啄木の生きた時代と、そこでそれぞれが感じとった時代の感触を、ともすれば我々は無視し、忘れがちであるが、それこそが我々の「近代」を「近代」たらしめた底辺であり、それを足場にしない限り、今日を今日として確かめることは出来ないということを、この作品は伝えてくれる。少なくとも、この時代に対する、記憶の底にわだかまるうずくような感じを今こそ我々は思い出すべきなのであろう。

平成二〇年三月二九日

# 節子星霜　目次

# 第一幕

スライド――

〈今からおおよそ百年まえの明治三十七年の春〉

明るくなると十九歳の節子。


**節子**　（正座して）今日は、お正月の松の内も明けない、何かとお忙しいところ、石川一《はじめ》さんと私のことで、わざわざノシ伯母さんまでおいで戴き、お礼の申しようもありません。（いたくノシにお辞儀をして）お父様、お母様、どうか私の一生の望みをかなえてくださいませ。

――いいえ、お父様、一さんは中学をあと半年で卒業という、五年生なかばで退学されても、けっして世にいう不良学生などではありませんわ。ひとたび文学で身を立てることを志した以上、人生の奇しき色彩と生命の妙なる響きへの尽きない興味こそが大切であって、知識の詰め込みはもう自分には必要はない。

――お母様、（向き直って）黙りません。お母さんは日頃無口なお前が、近頃はよくお喋りになると言われますが、節子とて、喋らなければならないときには、黙ってはおりませんわ。

（父の方に向きなおして）お父様、一さんは文学で身を立てるために上京されたものの、病にたおれ、志なかばで渋民村、宝徳寺のご両親のもとにいったんお帰りになり、療養生活を余儀なくされておりました。でも最近になって快方に向かわれ、詩の創作に没頭されています。お母さんにお渡しした『明星』の十二月号、お父様はもう目をお通しになりましたでしょうか？　あの高名な与謝野鉄幹、晶子先生が主宰されている新詩社が発行している雑誌ですわ。それには一さんの『冬木立』と題する四首の短歌や詩などが掲載されています。これまで投稿した作品もふくめて高く評価され、一さんは、異例の十九歳の若さでこのたび新詩社の同人に推挙されました。啄木という歌号も一さんの作品から想を得て、与謝野鉄幹先生が名付けられたものですわ。

——お父様は、読んでもよくわからないとおっしゃいますが、（悔しそうに）私には何を訴えようとしているかよくわかるんです。一さんには非凡な才能がそなわっているのです。だからこそ私は、その才能が今後に発展していくように祈っているのですわ。今、一さんは、再度上京をはたして、『あこがれ』と題する詩集を発行し、詩人として広く世に問おうとしています。お父様、「理想の国は詩の国にして、理想の民は詩人なり」、これは、一さんがはじめて上京されたとき、私が餞《はなむけ》の言葉として贈ったものですわ。

——はい、節子はどのような苦労も覚悟しております。詩人というものは社会と人間の真実にあくまで忠実で、俗悪なものや旧いものとたたかう運命にあると、一さんも覚悟をなさっておりますわ……私は、お父様のおかげで女学校に進み、小説や詩歌に親しむことができ、一さんのような方と出会うこともできたのです。このご恩は一生忘れません。どうか節子の願いをかなえてください。お父様、一さん以外に節子の夫と呼べる人は、この世にはおりません！　どうか、どうか。（頭を疊にすりつける）
——では、二人の結婚のお許しを！　節は幸せです、節は生まれて、これほど幸せに思ったことはありません！　（音楽とともに、暗くなる。）

スライド——
〈だが啄木は、翌年とりおこなわれた結婚式を欠席する〉

つづいて歌が映る。

**非凡なる人のごとくふるまへる**

後のさびしさは
何にかたぐへむ

明るくなると日傘を手にした節子が佇む。

**節子**　（縁側で縫い物をしている母に）なんど謝っても仕方がないって、お母さんはおっしゃるけど、ほんとうに、一さんの結婚式欠席のこと、ごめんなさい！　――（頭をあげて）お母さん、どうしてお笑いになるの？　新郎がいつまでたっても来ないと、まわりの親戚がオロオロしているのに、デンと一人落ち着いていたのは私ひとりだった？　嫌だ、私そんな図図しい女に見えたのかしら！　（あかくなって）そんなの誤解だわよ。節子は本当に気持ちが高ぶってくると、石のように黙りこくってしまう性質《たち》だってこと、お母さん、よくご存知のはずじゃありませんか。
――でも、お母さん、私だってお父様や、親戚の方々に申し訳なくて、あの夜はひとり泣き明かしましたわ。――これをたたむのね？　（着物を手にして）あら、お嫁にもっていく私の着物じゃない、いま縫いあがったのね。私の大好きな紫の花柄だわ、（泣きそうになるのをこらえて）お母さん、ありがとう。……（涙を浮かべ）それにしても、結婚式のあとになって、ひょっこり盛岡に姿をあらわすなんてあんまりだわよ！　私、いまさっき、一さんと岩手山神社の境内でいろいろ話し合ってきたんです。

――一さん、目の下に隈《くま》なんかできてしまって、『あこがれ』は出版出来たんだけど、一部の人たちに注目されただけで失敗だったと言うの。詩集の出版で成功したら、私をつれて東京で家をかまえ、作家生活に入ると大言壮語した自分が恥ずかしい、結婚式の準備をしてくれた友達や親戚に会わせる顔がない。……そのうえ、一さんの二度の上京で費用がかさんだこともあって、お父さんが本山への上納金を滞納することになり、それがもとで、宝徳寺の住職をお辞めになった事件が重なってしまったんだわ。一家が二十年近く住み慣れた渋民村の宝徳寺を出て、盛岡に移り住むようになったんだもの。一さんがひどく落ち込んでしまった気持ち、私にもわかるようになってきたの。

――そう、私もそういったの！　だからといって大切な結婚式を欠席することないじゃないのって。……そしたら、そしたら、欠席したのは悪いと思ってる。でも結婚式は形式的なものだ、肝心なのは君と僕の魂がひとつに結び合っているかどうかじゃないかって言うのよ。（なかばうれしそうに）そりゃそうなんだけど、無茶苦茶よね！　……それに驚いたことには、あの人、文なしでは帰れないと、途中仙台によって、さる高名な詩人の奥さんに、「母危篤」の嘘をつき、十五円のお金まで借りてきたって言うのよ。どこまで見栄っ張りなのかしら。……いくら才能があるといっても、あの人、何を考えてるんだか、もう節子にはわからなくなりそうなの。

――ええ、これからの一家の生活《くらし》は長男の一さんにかかってくることになるわ。一さん、悩みに悩んだ挙句、いっときは文学のことも何もかも捨てて田舎の教員にでもなって一家の面倒を見ようって、本気で考えたって言うの。

――お母さん、何言うの！　これを機会に文学の道をあきらめたらなんて。そんなこと出来るはずないわ、一さんが文学の道を捨てることは命を無くす事だわ。節子はそれを信じて結婚したって、さっきも励ましてきたのです。

――ええ、存じています。仲人役をつとめてくださった同級生の上野さんは、せっかく準備した結婚式を欠席するなんて無責任にも程があると、友達みんなで一さんとは絶交されました。私にもこう申されました。「石川と結婚しても前途が危ぶまれる。結婚を思いとどまったらどうか」って。お怒りになるのはわかるけど、節子は口惜しいのです！　私たちの交わした誓いは、こんなことで失われるような浅はかなものではありません。私は、今夜上野さんたちに手紙をさしあげるつもりですわ。

節子は、縁側に上がり、手紙を書く。

**節子**（毛筆を手に）吾は啄木の過去におけるわれにそそぎし深身の愛、また恋愛にたいする彼の想いを明らかにせんとて、かつてわたし達がいわれなき中傷を受け、吾が一歩も家を出ることもかなわなかった時に、啄木が吾に送りし手紙の数々を今君らの前にささぐなり。吾はあくまで愛の永遠性なるを信じたく候。（音楽、暗くなる）

歌が映る。

**やはらかに柳あおめる**
**北上の岸辺目に見ゆ**
**泣けとごとくに**

明るくなると千葉県、房総の節子。波の音。

節子が座る机の上には、原稿類や使い古したノートなどが積まれている。

**節子**　……あれから七年、流れ星のように七年が過ぎたんだわ。そう、私たちが結婚したのは、明治三十八年、互いに十九歳のときでした。それにしても、あの頃を思うと、とても切なく感じます。

私の父は、心の底では二人をけっして許してはいなかったのです。無理もありませんわ、私の父、堀合忠操は岩手郡役所にながく勤めて郡の教務係も兼ねており、質素な暮らしでしたが、多くの妹、弟たちのいる家族にも何不自由ない生活をさせておりました。ひとかどの名士でもあり、実務にたけ、性格も人一倍厳しかった父は、中学を中退し、しかも病弱で文学かぶれの、生活力のない啄木に長女の私を嫁にやることなどけっして許せることではなかったのです。そんな父が二人の結婚を認めたのは、その頃の時代の気分が後押ししたとしか考えられません。当時の盛岡は、東北でも一、二をあらそう教育が盛んな街で、文化運動が活発にやられるなど、明治のはじめの、ロマンチックな空気が残っていましたわ。

（机の上の『あこがれ』を手にして）啄木の処女出版である『あこがれ』の最初です。

（読む）「混沌《こんとん》霧なす夢より、暗《やみ》を地《つち》に／光を天《あめ》にも劃《わか》ちしその曙／五天の大御座高うもかへらすとて、／七寶花咲く紫雲の」

（読むのをやめて）あの頃はともかく、今の私には、なんだか、遠い世界のように思えます。

――あら、片山さん、ご馳走様でした。（盆にのせた食器を渡しながら）美味しくいただきましたわ、こんなに新鮮なお刺身、何年も口にしたことありませんもの。え？　顔色もここに来たときよりも随分よくなった、皆さんそう言ってくださいます。片山さんのおかげですわ。町への買い物、牛乳のついた三度の食事、遊び盛りの京子の面倒までいろいろ見ていただいて、なんとお礼を申したらよいか。はい、明日の午後、先生の診察がある、ありがとう御座います。

（見送り、窓をあけて）松林をわたる風、よせてはかえす波の音。こんなにも近い満天の星。あの強く光っている小さな星。……とうとう啄木はあの星になってしまったんだわ。

（語りかけるように）あなた、安心してください。私は、千葉県館山の八幡浜にある、片山カノさんの離れに京子とともに身を寄せています。あなたが残して逝ったお腹の子を無事出産するためですわ。イギリスの伝道師で、医師であるコルバンさんが、この館山で貧しい結核患者のために慈善医療をなさっています。あなたの望みどうり、親戚や知人の世話にならずに無事出産をすますには、ここに頼る以外に道はなかったのです。

（窓を閉め、軽く咳をしながら机にもどり原稿を整理しながら）さいわい私も少し元気をとりもどせたので、まだ手もとにある、あなたの原稿などを日記にてらしあわせながら、整理する仕事をはじめています。お産の前にはそれをすませ、土岐哀果さんに送らねばなりません。あなたの遺した原稿は、金田一さんとも相談してすべて土岐哀果さんに託すことになりました。土岐哀果さんは、志を同じくした歌人として、無名のまま亡くなったあなたの作品をこのまま埋もれさせてはならないと私たちを励ましてくれています。

（波の音かすかに。節子、日記を開いて）啄木は死んだらこの日記は焼いてくれと申しましたが、私の愛着が許しません。……こうしてこの啄木の魂が刻《きざ》まれた日記を読みながら、原稿などを整理してると、私自身の来《こ》し方も思い出され、身体には悪いと知りつつ、夜更かしをしてしまいます。……あれほど信じ合って結ばれた私たちなのに、二人の間には思いがけない事が次々と起こって、人生というものは、道のない、深い森のなかをわけいってゆくようなものに思えます。

暗くなり、スライドとともにナレーション。

〈結婚のあとも、啄木は文学で身を立てる望みを失わず、大信田落花の八十円をはじめ友人たちに出資を募り、盛岡で文芸雑誌「小天地」を発行する。創刊号には、当時新進気鋭の岩野泡鳴、正宗白鳥、小山内薫などの作品を掲載し、地方の文芸誌では出色と評価されるが経済的に失敗し、一号で廃刊となる。

多額の借金を背負った啄木は、月給八円の渋民村小学校臨時教員の職を得、一家はふたたび百戸余りの寒村、渋民村に移り住むことになる。農家から借り受けた六畳一間が、家族の寝室、食堂、書斎兼応接間であった。〉

歌が映る。

かにかくに渋民村は恋しかり
思ひでの山
思ひでの川

明るくなると節子が子どもたちに裁縫を教えている。

**節子**　清子ちゃん、そら袖付け直りましたよ。ここは一番丁寧に縫わないといけないわ。それに腋の下にあたるここは、特にしっかりとね。もう片方は自分で考えてやってごらんなさい。あら！　お松ちゃんは襟つけが随分上手になったわね。

——ふーん、お母さんがそんなことを？　大丈夫、お月謝が遅れたって裁縫習うの辞めることけっしてないんですよ、いいわね。（気づいて）玉ちゃんにお恵ちゃん、さっきから何お喋りしてるの。夏休みにその着物仕上げないと、楽しみにしている秋の遠足には間にあいませんよ。

——え？　石川先生の時間が一番面白い、「自主の剣を右手に持ち、左手に翳《かざ》すは愛の旗」、それ石川先生が作った歌？　あなたたちそんなことを教わってるの！　——先生は貧乏人でも差別しない、——女子生徒にも差別しない、でも校長先生は違うの？　そうね、依怙贔屓は一番よくないわね。——「壊れた時計」って誰のこと？　あらあら校長先生のことなの。石川先生がそう言ったの？　そんな悪口いうもんじゃありませんよ。いくら校長先生の授業が面白くなくてもじっと聞いているとどこか為になることがあるもんですよ。

――節子先生の小学生の時はどうだった？（一本とられて）そうね、やっぱり面白くない授業は寝てしまったわね。それに女子《じょし》を馬鹿にしたり、依怙贔屓する先生なんか大アい嫌い！（生徒と一緒に笑いころげる）あら、（柱時計をみて）もうこんな時間だわ。今日はこれまで。（礼儀正しく手をついて）それじゃ、皆さん、さようなら。（生徒たちを見送りながら）玉ちゃん、今日は寄り道しないでまっすぐ家にかえるのよ。

――（気づいて）お義父さん、またお出かけですか？（めざとく見つけて）まって、草履の鼻緒が切れそう、すぐに直しますわ。（草履をとって手早く直しながら）お義父さんが野辺地より帰られてから、宝徳寺への復職に反対の人たちがあちこちで寄り合いを持っているって本当なんですか、亡くなった先代の子どもをたてて現在の住職の代務をしている方が中心になって。――でも野辺地の、お義父さんの恩師である対月様のはたらきかけもあって、宗務院からは処分の赦免が出されたんでしょう？これで寺に戻れるって、お義母さんも一さんも涙流して喜んでらしたじゃありませんか！

――（驚いて）それを知って、今度は復職反対の請願書を宗務院に出そうと集まりを持っているんですか？はい、直りましたよ。（と草履をはかせながら）そうなのね、それで、お義父さんも昨日から草履が擦り切れるほど村中を歩きまわって、支援して下さる方たち

ところからのことを相談なさっているんですね。頑張ってくださいね！（送りだすが）
――危ない、お義父さん！（とささえてやり）足元にはくれぐれも気をつけて下さいね。いってらっしゃいませ！（とお辞儀をして見送り呟く）世の中って一筋縄にはいかないものね。（気をとりなおし）さあて、今の内に水を汲んでおかないと。（たすきをかけて）一さんは身重のお前がやることないって言うけれど、汲んでおかないとお義母さん、機嫌が悪いなんてものじゃないんだから、まったく！（井戸から水を汲み、まわりを見渡しながら）天秤棒もかつげないお嫁さんと村の人には笑われるけど、街場育ちの私にはこれが一番楽なんだから仕方ないわ。（と両手の桶を台所に運ぶ）
――あら、一さん、盛岡の検事局、どうでした？
――よかった！　事情聴取に大信田さん同行してくださったのね。検事の尋問に、たしかに出資には後悔してるが、友人である石川を告訴する気なんか毛頭ないと、きっぱり証言なさったの。……本当によかった！　やっぱり、デマだったのね、大信田さんがあなたを告訴してるなんて。……それにしてもひどい言いがかりだわ！　あのお金は「小天地」の発刊に賛同された大信田さんが出資して下さったもので、創刊号のためにすべて使ったものよ、それを横領したなんて！

――お水？　はいはい、お疲れになったでしょう。（湯呑の水を運んで）あら、足も真っ黒。（桶に水を汲み足元におきながら）まあ、駐在さんが、事件を捏造して、検事局に取調べを上申したっていうのね。

――悪知恵のある連中が駐在を買収してやらせたにちがいない？　……そうなのね、警察に呼ばれた、裁判所に引かれたって悪い噂を流して、あなたを村から追い出そうと。

――故郷の山河《やまかわ》は永久に我が友であり恋人であり、ありがたい師である、なのにどうして自分はこのような誹《そし》りをうけねばならぬのか？　……そうね、渋民の山々は今日もこんなに美しいのに、あなたが盗人扱いされるなんて、……この村に理想郷をきずきたいというあなたの夢は、まだまだ遠いことなんだわ。（涙ぐんでいる）

――（啄木の口をまねて）自分は借金持ちだ。平民と貧乏人は常に虐待をうける運命である？（くすっと笑って）まあ、一さんたら、呑気なことといって。

――（啄木の足を洗い終わって）さ、きれいになったわ、ハイ、この雑巾で足をお拭きなさい。（汚れた桶の水を捨てながら）一さんは中学に通っている時から、足尾鉱毒事件の被害農民に義捐金を送ったりしてるんでしょう。お義父さんが住職に復職して、あなたのような、小説を書いたり、自由とか平等なんかを若い人や生徒たちにひろめる人が、ずっとこの村に住むことになったら、旧弊な人たち困るんだわ、きっとそうよ。

——これから役場のお友達のところへ？　……心配していたお友達、本当のことを知って、きっと喜ぶわよね。それに、学校の生徒たちはみんな石川先生の大の味方なんだから！

——心配いらないわ、お腹の赤ちゃん、今朝も動いたわよ。よしなさい、一さんたら！

（周りを見て）こんなところでお腹にさわるなんて、誰が見ているかもしれないのよ。さあ、早くいってらっしゃい！　（と背中を押し、見送る）あら、動いたわ。（お腹をおさえて座り込み）こんなに強くお腹をけったの初めてよ。痛いよ、痛いわ、もう少しやさしくしてよ。男の子かしら。でも私はどちらでもいいの、元気に生まれてくれるなら。あら、また動いた！　（暗くなる）


スライドとナレーション。

〈臨月の節子がお産のため実家に帰っている間に、宝徳寺住職をめぐる対立はますます険しいものになり、争いを好まぬ父一禎は身を引くように家出をする。一家の願いは完全に挫折する。

失意の啄木は、渋民村小学校の改革に望みを托し、生徒とともに保守的な校長追放のストライキを企てる。あわてた郡当局は、校長を転任させ、啄木を免職処分に付す。啄木はもはや渋民村に残ることはできないと、これまで苦楽をともにした人々に別れを告げ、北海道、函館の文学同人『苜蓿社《ぼくしゅく》』をたより、そこで再出発をはかることになる。〉

歌が映る。

**石をもて追はるるごとく**
**ふるさとを出でしかなしみ**
**消ゆる時なし**

明るくなると、函館の節子。遠く汽笛。

**節子**　〈京子に添い寝して、〉京子は大きなおめめをあけているのね。いいこと、お父さんもお母さんも、まだ原稿のお仕事が残っているの、だからおとなしくお眠んねするのよ。今日は、本当に楽しかったよね。お父さんと三人で大森公園を散歩して、函館の海はきれいだったね。波がキラキラ光って、お父さんは、浜茄子の咲いた砂浜で京子にきれいな貝殻を拾ってくれたよね。(啄木が悪戯するのを手ではらい)あなた、駄目よ、いたずらしちゃ。せっかく目をつむりはじめたばかりなのよ。あらあら、小さなお口で大きな欠伸！

(二人で喜びながら、子守歌がわりにローレライを歌う) やっと眠りはじめたわ。(京子からはなれ、洗濯ものをたたんだり縫い物をしながら)私たちこの函館にきてほんとうによかったわ。迎えてくれた「苜蓿社」の人たちってみんないい人ばかり。

——あら、この間の歌会で私変なことといったかしら。

——白鯨さんの作品の、感想のこと？（思わず笑い出して）『君を追い、千里の遠に火燃ゆてふ風を抱きて帰りしかな』、あまりロマンチックな作だったものだから、ついあんなことといったのだわ。せっかく恋人を千里まで追っていきながら、抱いたのは風だけだったの？「そうなんです、心だけだったんですィ」って、白鯨さん真っ赤になっていたわね。白い鯨って、やさしくてぴったりのペンネームね。偉いわ、お父さんがいない岩崎さん、郵便局に勤めて一家五人を養っているんでしょう。

――ま、うれしいわ！　私が感想会に出るの、みんな楽しみにしているんですって。私もこのまま所帯くさい女にはなりたくないもの。あなた、原稿の校正手伝いますわ。『紅まごやし』の編集遅れているんでしょう？
――あなたが弥生小学校の代用教員になれたのも、同人の吉野先生の紹介というじゃありませんか。……私、函館に来てなにもかもうまくいくので、なんだか怖いみたい。
――二人っきりの生活もこれで終りだ？　どういうこと？　……そうね、（がっかりするが気をとりなおして）お義母さんを親戚のお家から一刻も早く呼んでさしあげないとね。長男のあなたと一緒に住みたいにちがいないもの。――旅費のこと？　心配ないわ、盛岡の母が持たせてくれた綿入れの着物、夏にはいらないわ、冬までに質屋から出せばいいんだから。

歌しばし浮かび、消えていく。

**函館の青柳町こそかなしけれ**
**友の恋歌**

――あら、誰かしら？（玄関にゆき、戸をあけて）なんだ、宮崎さんじゃないの。どうぞ、大四郎さん、おあがりになって！　え？　お味噌をわざわざ届けに！　助かりますわ。（啄木にむかって）あなた宮崎さん、お店の急ぎの用があるので今晩は失礼するって。明日の編集会議、郁雨さんの作品も間にあうそうよ、あなたの感想を楽しみにしてるって。

――（大四郎に）お米？　お給金前貸りしたばかりなの、今のところ大丈夫。いつも心配していただいて申し訳ないわ。それじゃ、また明日ね。（郁雨を見送り、部屋にもどってくる）あなた、こんなにいい香り、出来立てのお味噌をいただいたわ。本当に宮崎さんて、細かいとこによく気がつくのね。大四郎さんの、郁雨ってペンネーム、初恋の人の郁子って名前からとったんでしょう。（オシメなどをたたみながら）普通失恋したら、相手を憎むものよ。だのに堂々とペンネームにするなんて、正直なお人柄なんでしょうね。それに、函館一のお味噌製造所を営む、老舗、「金久」のあととり息子さんというのに、ちっとも偉ぶらない。『あこがれ』を書いた詩人だって、宮崎さんたちあなたを心から尊敬してるわ。……本当に不思議ね、これが文学仲間っていうのかしら。あなたが原稿を時々送っていたといっても、私たち初対面なのよ。それが皆さんに会ったとたんにずっと前からの仲間のように親しくなって、住む家に、お布団からお米やお味噌のことまで心配して下さって、……故郷を追われるようにして北海道に渡ってきただけに、私、ありがたくて、ありがたくて。（泣いている。暗くなり）

宮崎大四郎の写真が浮かび、ナレーション。


〈啄木と節子にとって、宮崎大四郎との出会いは運命的であった。以後、大四郎は啄木の最も信頼する友となり、おしみない経済的な支援者となる。

だが、明治四十年、函館は街の三分の二が焼野原になる大火にみまわれる。火事により弥生小学校代用教員の職を失った啄木は、やがて『小樽日報』の記者となるが、保守的な事務長と対立し数ヶ月もたたぬ内にまたもや失職する。

ようやく『釧路新聞』の記者の職がみつかり、家族を小樽に残し、啄木は単身、厳寒の釧路にむかうことになる。〉

歌が映る。

子を負ひて
雪の吹き入る停車場に
われ見送りし妻の眉かな

厳寒の風の音。明るくなると小樽の節子。

**節子** （背中に京子を負ぶっている）大黒屋さん、どうか支払いのこともう少しまってください な。――払えないのなら、今配達した薪と炭はもって帰る？　どうかそれだけは勘弁してください。この寒さに火鉢と行火がなかったら私たちは凍え死にますわ。年とった義母は、風邪を引いて寝込んでいます。それにこの子も熱があるんです、私たちを助けると思ってこのとうりです、（頭をすりつける）――今度手ぶらで帰ったら主人からきつく叱られる？　去年のお金が残ったままなんだもの、お怒りなのはわかります。でもどうかお店のご主人にお伝えください、あと、三日。釧路新聞社に勤めてる主人からの送金というあてがあるのです。――このまえだまされた、信用できぬ、(持っていこうとするのをとめて)持ってかえるのだけはどうかどうか。先だっては、必ず送金するという主人との約束があって、(通用しないことを思い知って)ごめんなさい、あなたをだましてしまったこと、あやまります。まことに申し訳ありません！(土間に降り土下座をする)あと、三日、三日だけ待ってください、お願いします！

――今日のところは薪と炭はおいてゆく、あ、ありがとうございます！ ありがとうございます！(やっと見送る)

――あ、八尾善さん、今日はお払い出来るとあんなに約束したのにごめんなさい。でも、信じてくださいな、釧路に行った主人からの送金が遅れてるんです。

――いくらかでも入れてもらわないと今日は帰らない？

――本当なんです、たまった家賃を払ったばかりで手元には何も残ってはいません。着物も何もかも、質屋にもっていけるものはみんな持っていきました。ごらんくださいな、あがり框の二枚あった障子も、奥の部屋の襖も、わたし達の道具はみんな売払ってしまいました。この畳もいまでは道具屋さんのもので、安い家に移り住むまで待ってもらっているんです。私たちは病人をかかえて昨夜から吹きっさらしのままでろくに眠れていないんです、どうか。（背中の京子に気づき）苦しいのね、お義母さん、京子、咳がとまらなくなってきたわ！　もう少しの辛抱だよ、お父さんがお金送ってきたら、お薬買ってあげるからね。
――今晩も吹雪く、病気の子どもを大事にな？……（拝むように）あ、ありがとうございます！　ありがとうございます！（と見送る）
――見ず知らずの他人に主《あるじ》の恥をさらすものでない？　でもお義母さん、本当のことを言わないと許してくれそうもないじゃありませんか。お義母さん、足もとの明るいうちに「小樽新報」の編集長さんの所へいってきます。（角巻をまとい、外にでる。ゴウという風の音）風が出てきたわ、やっぱり今夜も吹雪きそう。盛岡の冬も寒いけど、小樽の風は骨まで凍る寒さだわ。京子、あら、眠りはじめたのね。お母さんの背中でぐっすり休みなさい。小沢さんにおすがりして、明日のお米と薬のお金をなんとかしなければ……（空を不安そうに見上げ、風ますます強まるなか、暗くなる）

歌が映る。

わがあとを追ひ来て
知れる人もなき
辺土に住みし母と妻かな

ごおと鳴る凩のあと
乾きたる雪舞ひ立ちて
林を包めり

明るくなると房総の節子。

**節子**　ああ、思いだしても身体が凍えそう。本当に小樽の冬は寒うございました。——結局、約束のお金が月をあけて送られてきましたが、さすがの私も、いくら啄木が釧路でいろいろ事情があったにせよ、幼い子どもを抱えている家族への思いやりがもう少しはあってもよいのではないかと、このとき私ははじめて不満というものを感じたのです。そして、このころから啄木という人には、人並みに家族の面倒をみることを期待するのは所詮無理の様に思えてきたのですわ。私は、文学をめざし、しかも志なかばの啄木とすすんで一緒になった以上、こうした苦労も覚悟しなければならない、……それからはどんな苦しみも胸の底深くにしまいこんでいったのです。私たちを出来るだけ早く釧路に呼び寄せるという、あてにならない啄木の約束を信じて、誰も知らない小樽で待ちつづけるわけにはまいりません。お義母さんは岩見沢の娘婿のお家《うち》へ、私と京子は函館に行き、そこで待つことにしたのです。……この頃の日記に、啄木はこんなことを書いておりますわ。

（日記を開いて読む）「節子は第二の恋ということを書いてよこした。なんといふ事なく悲しくなった。」（面をあげて）私、あの頃にこんな手紙を書いていたんだわ。……「なんという事なく悲しくなった。」

そうだわ。私もあの頃には、恋に恋しているような、甘い二人では確実になくなっていくのを感じておりました。そして、函館での心細い生活が数ヶ月過ぎた頃、突然、啄木から「クシロサル」の電報です。（鋭い汽笛の音）

この釧路を去るという、啄木の突然とも見える行いも、当時の日記を読むと成る程と思えてくるのです。

（日記開いて）明治四十一年二月二十九日「盃二つで赤くなった自分が僅か四十日の間に

一人前の酒が飲める程になった。」「嗚呼、石川啄木は釧路人から立派な新聞記者と思われ、旗亭に放歌して芸者どもに持て囃されて、夜は三時に寝て、朝は十時におきる。一切の仮面を剥ぎ去った人生の現実は、然し乍ら之に尽きているのだ。」

（面をあげて）これでよくわかったわ、私たちへの送金が満足に出来なかったわけも。（ふたたび日記にうつり）三月二十三日「鮮やかな血を三升も吐いて死んだらいくら愉快だろうといふ気がする。子奴の写真を見て辛くも慰めた。」……自殺の経験をもつ薄幸の子奴さんを妹のように可愛がって寂しさをまぎらわせていたのね。残された家族の苦労も知らないで、男って身がってなものね。

（苦笑して）でもいかにも啄木らしく思えるのは、冬が過ぎ四月に入ると、自分の星というものに気づいて、まるで高いところから飛びおりるような大胆な行いにでるところですわ。東京に出て、もう一度自分の文学生命をかけてみたい、この決意は宮崎大四郎さんにも伝えられました。

酒のみき
あわれかの国のはてにて

悲しみの滓をすするごとくに

「釧路新聞」時代の啄木が映り、つづいて歌が映る。

**東海の小島の磯の白砂に**
**われ泣きぬれて**
**蟹とたはむる**

**節子**　函館に帰ってきた啄木は熱っぽく語るのです。「釧路で新聞記者をしていても、東京から文藝雑誌を何冊もとりよせ、藤村や田山花袋の自然主義の小説を勉強してきた。北海道を渡り歩いて実際生活の苦労も積んできた。これからは小説の時代だ、小説を書くのだ、雑誌に載っている水準の小説なら、自分は今すぐ何本も書ける」。……私の胸にはまた失敗に終わるのではないかという不安がよぎりましたが、あの少し窪んだ、よく光る瞳をみるとやはりこの人を信じてあげたいという気持ちになってしまうのですわ。さいわい、啄木の意をくんだ宮崎大四郎さんが、啄木の旅費を用立て、東京で目鼻がつくまでの間、私たちの面倒を見ようと申し出てくださったのです。何とありがたい事でしょう、啄木は、いたく大四郎さんに感謝して東京にむかったのです。

……しかし、この頃には、啄木と大四郎さんとの間に微妙なものがうまれておりました。私は、啄木を送り出したあと、そのことに気づいていったのです。大四郎さんは、函館の老舗『金久』の長男として、啄木とは真反対のきちんとした生活を持っておりました。啄木が、代用教員の仕事を無断で休んだり、せっかくの小樽新報社を気に入らぬと突然辞めてしまい、家族を置いたまま釧路に単身去っていくような、文学をやるためなら家族の苦労をかえりみなくてもよいといった態度に、大四郎さんは次第に疑問を抱くようになっていったのではないでしょうか。

歌が映る。

何故かうかとなさけなくなり、
弱ひ心を何度も叱り、
金かりに行く

節子　文学青年として、啄木の才能を認めておしみない援助をするが、ゆくところ借金がつきまとうような啄木を認めているわけではない。それは、私たちの函館での、留守をまもる生活のために、京子がジフテリアにかかり生死をさまよったときなどに、大四郎さんが、親身になって世話をしてくれる、その態度の端々に感じるようになりました。もしかしたら、けっして口にしない、私の胸の底に押し込めていた苦しみを大四郎さんが見抜いていたのかもしれません。こうしたことが、私たち三人の人生にとってぬきさしならない大問題をつきつけることになっていくなど、私と啄木も、大四郎さんにとっても、思いも及ばないことでしたわ。

……そんな頃でした。函館には堀合の親戚が住んでおりましたので、たまに挨拶にいった時など、すっかり所帯じみてみすぼらしい身なりをしている私を見て、よく言われるようになったのです。たしかな家《うち》にお嫁にいっていたら、こんな目にあう事もなかった。私が、いつ目鼻がつくかもわからない、文学かぶれの夫の犠牲者だなんてことを、私を心配してのことでしょうが、あからさまに言われたこともあって、なんだか、暗い、嫌な気持ちになっていたのです。そんな時に、大四郎さんまでが、私が可哀想だというようなことを言っていたと人伝《ひとづて》に聞いたのです。私の理解者で、その頃からお兄さんと呼んで、心から頼りに

していた大四郎さんまでがと悲しくなり、早速手紙を書くことにしたのです。（暗くなる。しのつく雨の音）

歌が映る。

**たんたらたらたんたらたらと**
**雨滴れが**
**痛むあたまにひびくかなしさ**

明るくなると机にむかう節子。

**節子**　（机にすわり）どう書けば私の気持ちを大四郎さんはわかってくださるかしら。……また降り出したわ。（窓にかけより、戸をしめて）東京も雨かしら。こんなに蒸し暑いんだもの、東京はもっと暑いはずだわ、それでも一さんは小さな部屋にこもって小説書いているのかしら。

（机にもどり書きはじめる）大四郎様、東京よりの便り切角まっていますが、まだきません。啄木が偉くなるかなれぬかは神ならぬ身の知ることは出来ませんが、私は吾が夫を信じております。でも大才を持ちながらいたずらに埋もれるような人ではないかと思うと何とも言えません。世の悲しみのすべてを集めてもこの位悲しいことはないだろうと思います。（涙をふきながら）古今を通じて名高い人の後ろには必ず偉い女があったことを覚えています。私は何も自分を偉い女だとおこがましい事は申しませんが、でも啄木の非凡な才能を持っていることは知っていますから、今後、充分発展してくれるよう神かけて祈っているのです。だから犠牲になる等と言われると悲しくなるのです。

（お茶を飲み）そうなのよ、節子は犠牲になっているなんてけっして思ってはいけないのよ！（筆をとり）四年もまえから私は覚悟をしておりますもの、貧乏なんかけっして苦にしません。金とか名誉とか地位とかが、はたしてどのくらいの価値があるのでしょう。（筆をおき）大四郎さん、きっと節子の気持ちわかってくれるにちがいないわ。

（手紙をいったん封筒にいれるが、取り出して）そうだわ、これだけは書いておかないと、……こんな節子の悩みを聞いてもらえるのは大四郎兄さんだけなんだわ。（筆をとりはじめる）ああ、私はこの爲に今までもこれからもどのくらい苦しむかも知れません。私は、啄木の母のことですが、実は大嫌いです。ほんにきかぬ気の意地の悪い婆さんです。こんな事は私両親にも啄木にも言えません。（筆をおいて）ああ、もう私には我慢できない！（頭をかかえ）私は石川の嫁には違いないけれど、一生我慢してあのお義母さんに仕えなければならないと思うと気が変になりそうだわ！（気をとりなおして筆をとり）ああ、夫の愛一つが命なのです。愛のない家庭だったら一日も生きてはいません。私は世のそしりやさまたげなどにうち勝った愛の成功者ですけど、今は苦しく悲しく、泣かねばなりません。（両の手で顔をおおう。雨が激しくなるなか、節子の残像を残して暗くなる）

明るくなると、節子が生徒の採点をしている。

**節子**　（気がついて）すみません、お義母さん、お茶なんか私が入れますのに。（ちらっとカツを見て）わたし、お義母さんには、本当に感謝してるんですよ。……私が宝小学校の臨時教師で働くことが出来たのも、丁度光子ちゃんが居てくれて、京子の面倒をみてくれたからなんですわ。でも光子ちゃん、キリスト教の伝道師になるためにミス・インバネスさんの所で住み込みで教育を受けることになったでしょう。妹も成長したって東京の一さんも喜んでるし、お義母さんも一安心ですね。……でも、私、正直いって光子ちゃんがいなくなったら、京子のことはどうしようかと困っていたんです。そんな時にお義母さんが岩見沢からまた函館に来て下さったでしょう、私、本当にうれしかったんですよ！……お義母さん、その肩、揉ませてくださだい。近頃の京子は気かん坊で、お義母さんも大変でしょう。

——肩こりはずっとのこと、揉んだところでよくならない？

（拒まれて）……そうですか、それはいけませんね。遠慮はいらないんですよ。（机にもどるが、たまらず）何かおありなんですか、この二三日まともに口をきいてくださらない。何か私にご不満がおありなら、遠慮なくおっしゃってください。たしかにこの一週間ばかり宮仕えの悲しさで学校の雑用が重なって家に帰るのも遅くなりました。その間、京子の面倒から炊事洗濯、なにもかもお義母さんにやっていただいて本当にありがたいと思っているんですよ。そのお年で身体がつらいことは私も承知していますわ。でもわかってくださいな、一さんが成功するまでの辛抱なんですから。私も去年の十月から、「苜蓿社」の上野さんのお世話で、こうして宝小学校の代用教員として働くことになって、そりゃわずか十二円のお給料ですけど、こうやって家族三人が借金もせずに、やっと生活出来るようになったのです。お義母さんもご存知じゃありませんか。小樽のときには、地獄のような目にあってきたんですよ。そりゃ、この函館には宮崎大四郎さんや「苜蓿社」のみなさんがおられるので、あんな目にはあうこともありませんわ。でも、いつまでも他人《ひと》様の厄介になって暮すわけにはいかないじゃありませんか。だから、お義母さん、今しばらくの辛抱だと思って……。

——辛抱できぬことがある？　どうかいつものようにお黙りにならないでおっしゃってください。——え、最近掛けた表札のこと？　表札のことで何か。ええっ、どうして石川節子としたのがいけないのでしょう？

——やせても枯れてもここは石川の家？　だったらどうして石川一と書かない？（驚いて）お義母さん、（言葉につまり）そりゃ私の主人は石川一ですわ。でもお義母さん、わかってください、表札を石川節子としたのは、私が代用教員をしていて、この間も生徒が訪ねてきていたでしょう、先生をしているかぎり、私の住まいがどこかわかるようにしとかなきゃ、何かと不便が出てくるんです。

——お前たちは何かというと、石川の家をないがしろにして、ですって！　お義母さん、それは誤解です、私がそんなつもりであの表札を掛けたなんて、あんまりじゃありませんか。私だって石川の嫁としてどんなに辛く、淋しくともこうして留守を守り、一生懸命働いているんですわ。それをそんなふうにとられるなんて、本当に情けない！（口惜しくて半泣きになってしまう）

――え？　私が教員の職についたのは、私が、東京の一さんの所に行きたくないからだ、何ですって？　何をおっしゃるんですか！　……いいですか、お義母さん、先《せん》だっても話し合ったじゃありませんか。一刻も早く家族みんなが東京へ行きたいが、今の一さんの状態ではそれもかなわない、それなら京子と私がいったん先に行くという事になりましたわね。でもよくよく考えたら、今、東京の一さんの所に親子二人がおしかけて行ったらどんな事になるか、下宿しているところは、三畳半一間なんですよ。一さんの邪魔になるだけじゃありませんか。それで、やっぱり、一さんが目的を遂げるまで、もうしばらくこの函館で暮しましょうって事になったのですわ。そのためには、私がなにかの職についたほうがいいということになり、こうして働いているのですよ。それをよくも、私が一さんと一緒に暮したくないからですって！　あんまりですわ。（怒りをおさえて）そりゃお義母さんが、親戚を転々となさるより、一さんの傍に一刻も早く行きたいという気持ちはわかりますわ。お腹をいためた長男ですもの。……でもお義母さん、私だって一さんの妻ですわ。

一さんと一日も早く、一緒にくらしたい、傍にいたい。（うらめしそうにカツを一瞥し）また、そうやって、気にいらぬことがあると、布団の中に入って、寝込んでおしまいになる。お義母さん、今日は言わせていただきます。（座り直して）私、お義母さんという人がわかりません。だいたい、私がひとまず京子をつれて先に東京に行く事になった時には、自分ひとりを置いてゆく気か、投げ捨てる気かと、お義母さんは大反対されたのよ。それが、しばらく家族三人が函館に残ることになり、私が小学校で働くことになったら、今度《こんど》は東京の一さんのところへ行きたくないからだと、私をお責めになる！　分かりました。私が何を言おうと、何をしようと、お義母さんには気に入らないんだわ！　表札はとりさげます。

（涙があふれてくる）ほんとうに節子は情けなくなりますわ。（頭を無理やりさげて）嫁の私がいたりませんでした。それから、（傲然と）私、東京に行くときがくるまで代用教員をやめません。それまでお義母さんには、辛いこともあるでしょうが、京子の面倒はみていただきます。お義母さん、お聞きになりましたね。明日眼をさましたら、そんなこと聞かなかったなんて、けっして言わないでくださいね。（襖を閉めて一人になってもおさまらない）どういうこと！　表札のことまでもちだすなんて。

私が函館の親戚の家にちょっとでも行こうものなら、ものすごく不機嫌になって私に当り散らす、事あるごとに堀合の家のことを悪くとって、それを聞かされる私の気持ちなんかおかまいなしよ。私の母なんか石川の家にはどれほど気をつかって、あれこれと援助してくれているか。……私に持たせてくれた着物も、最後の帯もみんな質屋に入ったままなのよ。今だに着たきり雀で、学校に通うのにどんなに恥ずかしい思いをしているか。……私、神かけて誓うわ、お義母さんの前では、もう絶対に泣かないわ、私が悲しむのを喜んでいるんだから！（猛然と机にむかう。暗くなる）

スライドとナレーション

〈節子の姑カツは、家出した夫一禎のところへゆくこともできず、娘婿の家には長居もできず、その居場所といえば、やはり息子の嫁節子のところ以外にはなかったのである。互いに啄木のいない寂しさ辛さをぶつけあうような節子とカツの函館での生活は、半年近くにおよんだ。〉

明るくなると房総の節子。

**節子**　この時期、家族三人が上京するまでの間、それこそ息が詰まってしまうような苦しい想いをしていたこともあって、上京していた啄木がどんな生活をしていたのか、私は特別に興味がありました。

克明に書かれたこの日記によりますと、明治四十一年の四月、上京してまず与謝野鉄幹、晶子御夫妻の家にお世話になり、すぐに東京大学に通っていた中学時代からの親友である金田一京助さんの下宿、赤心館に転がり込んでいます。

（赤心館、そして蓋平館などの写真が映されていく）金田一さんの御世話で部屋を一つ借りることができ、啄木は、一ヶ月あまりの間に小説『菊池君』『病院の窓』『天鵞絨《びろうど》』『母』など、一気に、なんと三百枚の原稿を書き上げているのです。（その頃の小説が映される）そして書いた小説を次々に出版社にもちこむのですが、ことごとく断られてしまうのです。

やがて金田一さんとともに蓋平館にうつり、富士山が見えるという、三畳半の小さな部屋にこもって創作を続けるのですが、秋になって、啄木にも一つの希望が生まれます。新詩社の同人だった方のお世話で、東京毎日に『鳥影』という小説の連載が決まるのです。

一回分の原稿料が一円、六十回の連載で六十円でした。新聞の連載で評判をとれば単行本になって文壇に認められる、今度こそ念願がかなえられる、そんないいことずくめの手紙でした。連載された小説は毎号切り抜かれ、（苦笑して）啄木はほかのところはともかく、こんな事にはまことに几帳面で、宮崎郁雨さんにもきちんと送られてきましたわ。たしか、渋民村の経験をもとに青年たちのあたらしい恋愛のかたちを描いたものでした。しかし、この小説の連載は評判も芳しくなく、啄木は最後まで書けずにその年の暮れには中断してしまうのです。『鳥影』の原稿料は予定の半分にもならず、啄木は、下宿代の滞納金を払う事も、当座の借金の返済にも困るありさまだったのです。進退きわまった啄木は、同郷の、東京朝日新聞の編集長佐藤真一さんに頼みこみ、幸いにも校正係の職を得ることができるのです。月給二十五円、夜勤をすれば一日一円になる、中学中退の、学歴のない啄木にとっては願ってもない職場でした。

歌が映り、消えていく。

**京橋の滝山町の**

新聞社
灯ともる頃のいそがしさかな
浅草の凌雲閣のいただきに
腕組みし日の
長き日記かな

**節子**　しかし、精神的に絶望していた啄木は、仕事にも真面目に出ず、月々入ってくる給料をいいことに、荒れた、自暴自棄の生活をおくりはじめるのです。その年の春から啄木は日記をローマ字で書くようになっています。
（日記をひらいて読む）「なぜこの日記をローマ字で書くことにしたか？　なぜだ？　余は妻を愛している。――しかしこれは嘘だ。愛しているのも事実、読ませたくないのも事実だが、この二つは必ずしも関係していない」。この謎めいた、とても気になる書き出しのこともあって、わたしは、それは苦労して読みすすめました。読んで驚く事ばかりでしたわ。……とうとう何も書けなくなった啄木は、剃刀を胸にあてて自殺を本気で考えたり、苦しい現実から逃《のが》れるために、借金の返済や私たちへの送金も忘れ、残った金を懐に浅草の遊郭に何日も通いつめるまでになっていったのです。……ある若い娼婦のもとにかよいつめた様子など、いくら現実をありのままに描写するのが当節の小説家であるといっても、あまりにも露骨な荒みきった男女の営みが書いてあって、私にはおそろしくて、読むのが苦痛でさえありました。自分がどこまで堕ちていけるのか試しているような自虐的な世界に、私はあの啄木までもがと、つくづく人の世が哀しくなってしまいました。……啄木が亡くなったあとに読んだのが幸いだったかもしれません。そういえば、東京で久しぶりに会った啄木が、若いときには見られなかった暗い目つきをして、いやに世間ずれした、老けた感じになっているのにとても驚いたことを覚えておりますわ。……啄木に私たちの上京を決心させたのは、息子の就職を知って小躍りしたカツお義母さんが出した手紙でした。啄木はローマ字日記に丁寧に書き写しています。

（読む）「一円でもよろしくそろう、なんとかはやくおくりなされたくおもいます。おまえのつごうはなんにちごろおよびくださるか、ぜひしらせてくれよ。へんじなきときは、こちらしまい、みなまいりますからそのしたくなさりませ」。

歌が浮かびあがる。

**たはむれに母を背負ひて**
**そのあまり軽きに泣きて**
**三歩あゆまず**

**節子**　（苦笑して）髪の毛が真っ白になり、腰もすっかり曲がってしまったお義母さんは、もう一刻も我慢出来なかったにちがいありません。観念した啄木は金田一さんに保証人になってもらい、下宿代の滞納金百十九円、なんとこれは校正係の月給、五ヶ月分にあたります。それを月々十円ずつ返済する条件で家主から解放され、さらに宮崎大四郎さんから新居のための費用を融通してもらい、やっと家族を呼び寄せることができたのです。……でも、今になって考えてみると、とても呼べる状況ではないのに啄木が家族を東京に呼んだのは、どこまでもおちてゆく暗い穴の中から、虫の知らせといいますか、藁にでもすがるような気持ちで私達を呼んだ様にも思えるのです。……私たち家族三人が、道中を心配する宮崎大四郎さんにつきそわれ、念願の上京を果たしたのは明治四十二年の六月のことでした。

喜之床の二階がスライドで浮かびあがる。

**節子** 新居となったのは本郷弓町の床屋さん、「喜之床」の二階でした。この喜之床の二階、そして啄木の終《つい》の棲家となった小石川久堅町の借家での生活、その三年足らずの生活こそ、啄木にとっても私にとっても、人生の本当の意味を問われることになるのです。今日は海鳴りがきこえてきます、明日からは風も強くなりそうですわ。（音楽高まり）

〈幕〉

# 第二幕

明るくなると、喜之床の二階。節子が横になっている。

**節子**　（半身を起こし、軽く咳をしながら）あなた、ごめんなさいね、今晩浅草には私いけそうにないわ。あんまり具合がよくないのよ。京子をつれてったらいいわ、とても楽しみにしているんだから。――もうよすなんて、そんなに怒らないでくださいな。このまえ銀座につれてって貰ったでしょう。気が晴れると思ったんだけど無理だったんですね。あれから頭痛が酷くなって一週間も治らないのよ。今度はあんな目にあいたくないの。――はいはい、もう黙ります、書き物の邪魔になるんですよね。

（気づいて）あら、お義母さん、せっかくお粥作って頂いたのに残してしまって、いえ、口にあわないんじゃないんです、お茶碗、そのままにしといてください、あとで私が洗います。気分が悪いといっても、少し休んだらもとにもどりますから。お義母さんも、風邪がわるくなったそうじゃないですか。（階段の降口まではってゆき）お義母さん、いっとき休んだらわたしがやりますから……（呼びとめるがあきらめ、一人つぶやく）また、だんまりだわ！　いつもこうなんだから、身体がもたないといいながら、東京にきてから、台所はいっさい取り仕切って、一さんにご飯をよそうのも私にはやらせない。函館で京子の面倒をみるのが年寄りにはどんなに辛かったかを一さんに何度も愚痴る、まるで函館の仕返しをしてるみたいじゃない。

（気づいて、あわてて階段のところに這っていき、見おろしながら）お義母さん、やめてくださいな、その階段の上がり口においてある汚れ物、京子が公園で汚したものなんです。洗濯、後で私がやりますから……はいはい、馬の耳に念仏ですか。（あきらめて一人で）だらしない家《うち》と思われるといっても、一つ屋根の下に暮らしているのよ、いちいち家主のことを気にしていては息がつまってしまうわよ。さっき下の洗い場で私、立ちくらみをしてしまったんだから。それにここ三日は、胸や背中が痛んで突っ伏してしか眠れないこと、お義母さんもわかっているはずよ。それをあてつけみたいに！

（こらえきれずに、隣の啄木に）あなた、あなたは、きっとお義母さんからはお聞きにはなっていないでしょう。函館から上京する途中私が盛岡の実家に立ち寄ったときのことを。どんなことが起ったか、（襖をあけて）――原稿の締め切りがある？　でも今日はやめろといわれても、聞いていただきます……上京する途中に盛岡に寄ったとき、ひさしぶりに実家に帰った私をかこんで、母や妹たちが縁側で私にもたせる着物を縫ってくれていた時だったんです。野辺地のお義父様のところに立ち寄られていたお義母さんが、突然盛岡の堀合の家に現れて、みんなの前で私を怒鳴りつけたんですよ。節、おまえは盛岡の実家や堀合の親戚には立ち寄りながら、石川の親戚筋には挨拶の一つも出来んのか！　……でもあなたにもおわかりでしょう。私たちが一緒になるときにお世話になった、あなたのうえのお姉さんは盛岡にはもういらっしゃらないし、石川の親戚の方といってもよくは知らない人たちばかりじゃありませんか。

――それでどうしたか？　そりゃあ、わたし、実家の母からもいわれて、反省もしてあなたの親戚筋にはご挨拶をしてきましたわ。

――（眉に皺よせ）それでよかったじゃないか、ではありません。わたしがいいたいのは、何も、私の傍にいた母や妹たちには何の挨拶もなしにいきなり私を怒鳴りつけることはないじゃありませんか！　家族のものもそのあまりの剣幕に驚くばかりでしたわ。函館で代用教員をしていたときも……あの表札をかける、かけないで文句を言われても私はずっとお義母さんのおっしゃることには従ってきたんです。

――それは聞いた、襖をしめろ？　いいえ、閉めません。東京にきてから、あなたはそうやっていつも私の話はまともに聞いてくださらない……私だってわかっています。お義母さんが最近、階段の上り下りのときに鍋などをもったまま、肩で大きく息をしてしばらく休んでおられるのを。だから、私に台所をまかせてほしいって何度言っても聞いてくれないのよ。ここの主婦はいったい誰なんですか、私ではないんですか！　東京にきてあなたと住みだしたとたん、お義母さんの態度ががらりと大きくなって、家のことでは私にすべて指図するばかりか、下の大家さんの前でも、ことごとく私をないがしろですよ。（涙声で）本当に情けないったらありゃしない。

（階段を上がってきたのに気づいて）あら、京子、どうしたの？　そんな大声で泣いたりして。おばあちゃんに叱られた？　猫がどうしたの。泣いてないでちゃんと話しなさい、おばあちゃんが公園に捨ててしまった？　そんな可哀想なこと！　そう言えば昨日から姿が見えないわね。わかった、わかった、それで京子は悲しかったのね。あとでお母さんがおばあちゃんにまた猫を飼えるようにいってあげるから。

——家主も迷惑がっている？　そう、あなたも反対なのね。そうだと思った。さ、もう泣かないの。ごめんね、母さん、京子と遊べないで一人にしてさびしかったのね。（京子が書斎になっている部屋にいくのを）京子、お父さんのそばにいたいなら、書き物の邪魔するんじゃありませんよ。（啄木に）お茶もう冷たくなったでしょう、入れましょうね。（お茶をいれてやりながら）私、どこか身体が悪いんじゃないかと心配なの。今日のお昼だって一膳もすすまない。お粥《かゆ》をわざわざ作ってもらっても半分も喉をとおらない。東京にきてから、なれないことばかりで、ちっとも気が休まることがないんですもの。それに最近、際限なく眠かったり、夜中に目がさめて眠れなかったりするのよ。こんなことってなかったのに、右の胸が肩からあばらのところまでが時々痛むことがあるんです。……あなたは神経が疲れている、東京に馴れたら今によくなるっていうけど、いちど私、お医者に診てもらおうと思うの。（ため息ついて）でも今月の給金も前借分を引かれるから、医者に診てもらう余裕などとても出来ないわ。

――急ぎの原稿をかかえている、そんなに喋れるなら、下のお義母さんを手伝わなくていいのか、ですって！

（険しい目つきで啄木を睨んで）そうですか！　そうやって、あなたはいつもお義母さんの肩を持つんだわ。（京子の泣き声がする）――あなた、やめてくださいな！　いくら原稿がすすまないからといって京子までぶつことないじゃない。そりゃ、あなたには大切な書き物や調べ物があるのはわかっていますわ、でも、京子だって、お父さんが週に一度のお休みの日ぐらいは、傍にいて絵本ぐらい読んでもらいたいじゃありませんか。京子、さ、泣くのはやめなさい。じゃ、（明るい声を装って）お母さんとお外にゆきましょう（と京子をまねき、襖をしめて）、この頃は日が長くなったし、私たちにはお外が一番いいの。さ、こちらにいらっしゃい。（蒲団をあげながら）私たちがお家のなかにいると、お父さんやお婆ちゃんの邪魔になるんだって。（たちあがるがよろけてしまう）京子、心配することないよ。母さん、すぐに元気になるから。（咳が出るのを我慢して、苦しそうに胸をおさえる）——原稿が書けない、明日もまた仕事を休むことになる、早く出るなら出ていけ？……ああ怖い！　そんなに大声出さなくとも出ていきますわ。はいはい、ようくわかりました。（手を差出し）さ、京子、行きましょう。（暗くなる）

歌が映る。

猫を飼はゞ、
その猫がまた争ひの種となるらむ。
悲しき我が家《いえ》。

解けがたき

不和のあひだに身を処して、
ひとりかなしく今日も怒れり

明るくなると、房総の節子。

**節子** （光があたる）その数日あと、私は京子をつれて天神様にお参りに行くと出たまま盛岡に家出をしてしまうのです。「私ゆえに親孝行のあなたを御母さんに叛かすのは悲しい。私は私の愛を犠牲にして身を退くから、どうか御母さんへの孝行を全うして下さい。」そんな書き置きを残しておきました。……人間、自分でどうすることも出来ない事があるものですわ。私、気がついたら上野の駅に足が向かっていましたの。……それに私には、どうしても盛岡に帰りたい事情があったのですわ。というのは、東京まで私たちを送ってくれた宮崎大四郎さんが、函館に帰る途中、私たちが無事に着いたことを報告するために、わざわざ堀合の実家に立ち寄ってくれたのです。縁は異なものといいますが、その時、大四郎さんが妹のふき子を見染めて、しかも話がとんとん拍子にはこんで二人が結婚するはこびになったのです。私はその知らせを聞いて心から喜びました。これまで言葉につくせぬお世話になった宮崎大四郎さんに妹が嫁いでゆくのです！　その結婚準備の手伝いを、姉としてどうしてもやりたかったのです。だって妹のふき子には父から外出を禁止されたときも啄木への手紙を内緒で届けてもらったり、どんなに世話になったか知れないんですもの。それに実家でお医者さんに診てもらってしばらく養生したら、私の身体も丈夫になり、東京でたまったイライラもおさまるにちがいない、そう思ったのです。だからしばらくしたら東京にかえるつもりでした。ところが、私のことをどこまでも忠実な妻だと、たかをくくっていた啄木は、私の家出にそれは動転したらしいんです。

とりみだした啄木は、親友の金田一京助さんに、「かかあに逃げられやんした。あれなしにはとても生きてはいられない」と取りなしを頼み、盛岡中学校の恩師で『岩手日報』の主筆をされている新戸部仙岳先生にも手紙を書き送っています。

「食べ物も喉に通らず、夜は眠れず、なれない酒を呑み、六十三になった母も泣き暮らしている」、もし盛岡で節子と出会うことがあれば、一刻も早く帰るように説得してほしいと、恥も外聞なく、懇願しています。啄木は、家出した私のやつれた姿を見た両親が不憫に思って、私を盛岡の実家にずっと留めて、東京に帰さないのではないかと本気で心配したというのです。きっと啄木は、自分でもうしろめたく思ったに違いありません。私は先生からそれを聞いて、とうとうやってやった！　少しは思い知るがいいと、家出をして二十四日目に、喜之床に帰りました。（音楽とともに、暗くなる）

歌が映る。

家にかへる時間となるを、
ただ一つ待つことにして
今日もはたらけり

二晩おきに
夜の一時頃に切り通しの坂をあがりしも
勤めなればかな

明るくなると喜之床の節子。遠く電車の音。

節子　（繕い物をしている。時計をみて）最終電車に間にあっていたら、もう帰る頃だわ。（卓袱台《ちゃぶだい》の上に用意した夕飯の準備をする）おかえりなさい。今日は、木枯らしが吹いて寒かったでしょう。さっきから暖めておいたのよ、今日は美味しそうな鯖があったので味噌煮にしましたわ。（ご飯をよそいながら）京子はお父さんが帰るまで起きているといってきかなかったけれど、あきらめてお婆ちゃんとグッスリよ。そうそう今日、あなたの留守に金田一さんがひょいと寄られたわよ。ところが帰ろうとする金田一さんをお義母さんが引き留めて、そこの長火鉢にあたりながら、私が盛岡に帰っていた間、あなたがお母さんに辛くあたったことを逐一金田一さんにお話になるの。

私がお茶をもってゆくと、お義母さんは私を目の前において興奮のあまり涙を流して、「金田一さんだから、お話しできる、耐えて耐えて今まで胸にたたんできたことをはじめていうのだから、聞いてくれ」……大袈裟ったらありゃしない。「私は、この年になって、あんな辛い、死ぬような、死ぬよりも辛い目にあわされました。一《はじめ》に言えばひと言で叱られる、この人のためにです」。そういって私をジロリとながめて、「本当にひどい目にあった、一はこの人さえあれば、母など死んでもよいのでしょう、わたしは死んだ気になって我慢します」、そんなことまで金田一さんに言ったのですよ。

——どうしたって？　私、黙って聞き流していましたわ。だって金田一さんもいるのよ、口ごたえすればややこしくなるだけですわ。それに近頃では、（襟元を直して）もう馴れたのか何を言われても、お義母さんには怒る気持ちも起こりません。——おかわりね、（平然とよそいながら）でもお義母さん、話したあとは気がすんだのか、ケロリとして（勝ち誇ったように笑って）私が台所している間も、機嫌よく京子をつれていつものように公園まで散歩にでかけたようですわ。この二階に移ってきてからお義母さん、年甲斐もなく、まるで自分が主婦のつもりで無理して働いたものだから、今になって疲れが出てるみたい、近頃は昼寝もよくなさるわ。

——私の身体の調子？　大丈夫、まだ頭痛がときどきするだけで身体もだんだんもとにもどってきたみたいよ。——そう、今日も一休みしたら机に座るのね。じゃいつでも寝られるようにお布団だけは出しておきましょうね。（とたち上がり布団を出して）これで机に座れますね。あら、使った湯飲み、そのままだわ。いやあね、（湯飲みをとってかいがいしく卓袱台に戻り、片付けはじめる。）

——今までにない事を書いている？　今朝、机の上を掃除するときに目に入ったわ、『食《くら》うべき詩』。一風変わった題名の評論のことね。——都電のビールの広告を見て？　へーえ――生活に足をくっつけて書く詩のこと？　ふーん、毎日たべる漬け物のように、人に必要な歌でなければならない、ずいぶん分かりやすい評論のようね。――ぜひ読んでくれといわれてもねえ。はいはい、でもいずれ新聞にでも載せるんでしょう。その時に目を通そうかな。……女って嫌ぁね、毎日のやりくりに炊事、洗濯、お掃除、せっかく座って休むときだって繕《つくろ》い物《もの》が待っている、あなたの通勤だってみっともない着物じゃすまされないし、近頃の京子の着物なんか破ってこない日がないんだもの。来る日も来る日も細々《こまごま》したことにおいまわされて、お義母さんがあのとうり弱ってから、近頃の私にはいっときも暇がないわ。新聞に載ったもののぐらいは目を通そうとこころがけてるんだけど。（片付けをおわると縫い物にかかる。机にむかう啄木をチラッと見て）でも、あなた変わりましたね。

――どこって、この頃は一日も休まず毎日きちんと仕事に出るし、帰ると寸暇を惜しむように机にすわって書き物にうちこんでらっしゃる。上京したときの、すぐ人に当たりちらしたり、あの陰気な暗い目つきがみられなくなりましたわ。――本当ですよ！　なんだか人が変わったみたい。

――（ふりかえって）変よ、どうしてそんな目つきで私を見つめてるの？　恥ずかしいじゃない。ほんとうにおかしな人。

——おまえに感謝しないといけない？（笑って）変だわ、今日のあなた、ほんとうに変よ。そんなにあらたまって。この間の家出のこと？

——汚れた自分の手を見せられたようだ？　馬鹿いわないでくださいな！　私、突然に家出したこと、今じゃあ、あなたとお義母さんには、迷惑かけたとシンから思っているんですよ。（軽い咳をして）少し寒気がしてきたわ。あなた、私、今日はあちらで京子と休みますわ。

——え、もうすぐ終わる？　だったら終わるまでおつきあいしようかな。（と火鉢に炭をつぎ、火をおこして縫い物を続ける）わたし感心してるの。あなた、三日に一度は残業して、家に帰れば夜中まで原稿を書く。そのうえ、盛岡の四つの新聞にも原稿書いてるんでしょう、連載で。それにどなたかの全集の校正のお仕事も責任もってるんでしょう。今夜はそのお仕事なの？

——そうそう二葉亭四迷といってらしたわね、何巻もある全集の校正なんて、大変な仕事だわ。——ひとつひとつ煉瓦をつんで大きなビルを建てるみたいですって？（明るく笑って）そうね校正って仕事、頭も使うけど、一字一句印刷に誤りがないよう目を皿の様にして点検して行く、大変な仕事でしょう。

——行き帰りで出会う建築現場や道路工事の人、電車の運転手なんかの仕事にツイ見とれて、文学をやめてもいいとしんから思うこともある？　——でも俺は物書きだ、詩人だ？

あたりまえだわ、あなたは文学なしには一時も生きられないじゃない。いつまでも売れない詩人だけど。（クスっと笑って見せるが、縫い物の手をとめて）——詩は高尚なものではない、世間の人たちが必要とする、わかりやすい詩を書けるものが本当の詩人だと思う？

（調子をあわせるように）そうなの、それで最近、書き溜めてきた歌に、手をくわえたりしてるんだわ。……でもあんまり無理をしないでよ。今じゃお給料のほかに残業代、それに原稿料や全集の校正代が入ってくるんだもの、助かるわ。おかげでお医者に診てもらうことが出来ましたわ。私も此の度《たび》のことで身体がどんなに大事かわかってきたの。貧乏のうえに病気するほど辛いことはありませんわ。あなたはもともと身体が弱い人だもの、そんなに根をつめているといつかまた倒れそう、それが、私の、一番の心配なの。（啄木を不安そうにみつめる。暗くなる。）

歌が映る。

はたらけど
はたらけど猶《なを》わが生活《くらし》楽にならざり
じっと手を見る

しっとりと
水を吸ひたる海綿の
重さに似たる心地おぼゆる

明るくなると、房総の節子。

**節子**　あの夜のことを思い出すと胸が痛みますわ。（ノートを開いて）あの夜、二人で話になった『食うべき詩』って評論の切り抜きをこの館山であらためて読み返してみると、あの時は、啄木の想いの何分の一も分かっていなかったように思えます。啄木はこの評論で過去の自分をふり返っています。

（読みはじめる）「以前、私は詩を作ってゐたことがある。十七八の頃から二、三年の間である。其の頃私には、詩の他に何物も無かった。……其の頃の詩といふものは、誰も知るように、空想と幼稚な音楽と、それから微弱な宗教的要素の外には、因襲的な感情のある許りであった。」

（面をあげて）このくだりは私にもよくわかります。啄木が『あこがれ』を書いた頃のことですわ。（再び読む）「二十歳の時、私の境遇には非常な変動が起こった。郷里に帰るといふ事と結婚といふ事件と共に、何の財産なき一家の糊口の責任といふものが一時に私の上に落ちて来た。さうして私は、其変動に対して何の方針も定める事が出来なかった。」（懐かしそうに）啄木が結婚式をすっぽかした頃のことだわ。

（読み続ける）「凡そ其後今日までに私の享けた苦痛といふものは、すべての空想家……責任に対する極度の卑怯者の、当然一度は享けねばならぬ性質のものであった。さうして殊に私のやうに、詩を作るといふ事とそれに関聯した憐れなプライドの外には、何の技能も有ってゐ無い者に於ていっそう強く享けねばならぬものであった。」（面をあげてつぶやく）職をもとめて北海道を流れあるいた日々が目に浮かびます、ほんとうに。（続ける）「何時しか詩と私とは他人同士のやうになっていた。会々《たまたま》以前私の書いた詩を読んだといふ人に逢って昔の話をされると、嘗て一緒に放蕩した友達に昔の女の話をされると同じ種類の不快な感じが起った。生活の味ひは、それだけ私を変化させた。」……生活の味わいね、そのとうりね、私も変わるほかなかったわ。

藤村や田山花袋などの諸作品が映される。

**節子** 「思想と文学との両分野に跨って起った著名な新しい運動の声は、食を求めて北へ北へと走って行く私の耳にも響かずにはゐなかった。空想文学に対する倦厭の情と、実生活から獲た多少の経験とは、やがて私にも其の新しい運動の精神を享入れる事を得しめた。遠くから眺めていると、自分の脱出《にげだ》して来た家に火事が起って、見る見る燃え上がるのを、暗い山から瞰下すやうな心持があった。」（面をあげて）これは啄木が釧路をはなれる決心をした頃のことだわ。

（読みつづける）「四百噸《とん》足らずの襤褸舟に乗って私は釧路の港を出た。そうして東京に帰って来た。……私は小説を書きたかった。……やがて、一年間の苦しい努力の全く空しかった事を認めねばならぬ日が来た」。……あの森川町の下宿屋の一室で、友人の剃刀を持って来て夜半潜かに幾度となく胸にあてて見た……ような日が二月も三月も続いた。」「さうしている間に、一時脱れていた重い責任が、否応なしに再び私の肩に懸かって来た。色々の事件が相次いで起った。」

（面をあげて）色々の事件、これは、家族の上京と私が家出をした事件のことにちがいありません。啄木は、其の時には「遂にドン底に落ちた」という気持ちと同時に、「新しい詩の誠の精神を、初めて私に味はせた。」と書いておりますわ。

（読みつづける）「『食ふべき詩』とは電車の車内広告でよく見た「食ふべきビール」という言葉から思いついて、仮に名づけたまでである。謂う心は、両足を地面に喰っ付けてゐて歌う詩ということである。実人生と何等の間隔なき心持を以って歌ふ詩という事である。珍味乃至はご馳走ではなく、我々の日常の香の物の如く、然く我々に「必要」な詩という事である。」（波の音）

この頃、啄木は、……人間としても、作家としても、大きく生まれかわりつつあったように思えます。だのに私は、お義母さんから主婦の座をとりもどせた小さな喜びに満足しているだけで、あの夜、感謝していって言われても、軽く笑い流すことしかできなかった。嗚呼！

（さまざまな思いがこみあげてくる）……歳月ってなんて残酷なものでしょう。いつのまにか、作家の道をゆく啄木と女であり妻である私の間にはどうしょうもない溝が生まれていったのですわ。

やがてその年の暮れには、啄木の念願であった、野辺地からお義父さんを東京に呼び寄せることができ、明治四十三年のお正月からは、はじめて一家五人のにぎやかな生活になりました。主婦の私にはこれまで以上の家事に追われる、忙しい毎日が待っていました。そして私は二人目の子どもを身籠っていたのです。（暗くなる）

歌が映る。

**よごれたる手を洗いし時の**
**かすかなる満足が**
**今日の満足なりき。**

友がみなえらく見ゆる日よ
花を買い来て
妻としたしむ

わが妻のむかしの願ひ
音楽のことにかかりき
今はうたわず——

明るくなるとお産をまじかにひかえた節子。

**節子**　(手をやすめて時計をみて)今日も終電かしら。(疲れがでたのか大きな欠伸がでる。手を動かそうとするが眠りはじめる。気づいて) あらお帰りになってたのね、ごめんなさい。すぐに暖めますからね。——夜食をとってきた?　よかった。多分そうだと思って簡単なものしか用意していなかったのよ。じゃお茶でも入れましょう。(とお茶を入れてやり、縫い物にかかる)

――朝日歌壇の選者にえらばれたの？　あすの東京朝日の紙面で発表される、もらってきた、これがそのゲラ刷りなの？

（手にして読む）「来る十五日の紙上より、朝日歌壇、選者、石川啄木の一欄を設け、投稿を募る。本社編集社会部歌壇宛」。よかったですね！

――皮肉なものだ、小説よりも詩のほうが評判がいい？　……そうね、小説を書くのに疲れきって、夜中に自分を慰めるつもりで書き溜めてきた詩のほうが肝心の小説より評判いいって、あなた何時か言ってましたね。――社会部部長の渋川柳次郎さん？　どんな方？

ああ、この春、新聞に載ったあなたの詩を大層誉めてくださって、出来るだけの便宜をあたえるって言ってくださった、あの上司の方ね。（澁川柳次郎が映しだされる）――「言葉の手品を使うのが詩歌だと思っていたが、お主のは、種も仕掛けもない誰にも承知できる新発明の歌だ」、へーえ、そんなことを！「我輩は詩を勘違いしていた、まことにあいすまぬ」、それがあなたへの誉め言葉なの？（笑い出して）ほんとうにおもしろい方！

――あなたが仕事をずる休みしていた頃、一番厳しく叱った上司なの？「俺のように文学には縁遠い、一般読者にわかる歌壇をもうけたい」……それであなたを歌壇の選者に推して下さったの。ありがたいことだわ。

——八円の手当てが出る？　助かるわ！　大学の施療病院でお産するにしても、いろいろかかりますからね。（軽くせきこむ）嫌ぁね、季節の変わり目になるとまた変な咳がでるのよ、いまのところ熱がないので安心だけど。これ以上悪くなったら、生まれてくる赤ちゃんに申しわけないわ。（欠伸がでるのを我慢して）今日もこれから書き物ですね。

——この春出版できなかった歌集、出版社を変えて、もう一度計画なさるの？　うまくいくといいわね。——小説とちがって短歌の原稿料は安い、十五円ぐらい？　でも助かるわ、いま十五円が入れば、これ以上お金を借りずにお産の費用、なんとか出来るんだもの。

——今度は実現しそうなの、よかった！　伝馬町の東雲堂書店、ふーん、経営している方が十九歳の文学志望の青年で、短歌の理解者なの。歌人の若山牧水？　新しい人ね、私知らないわ。その歌人と一緒に雑誌『創作』を出版しているの？（欠伸が出る）近頃の私はそういうことに随分うとくなってしまったわ。

（といいながら、疲れが出て眠りはじめる）——ごめんなさい、あなた何か言いまして？

——もう眠ったらどうだっていわれても、そうはいかないの。（気をとりなおすように目をこすって）もうすぐ入院なのに、私の着ていく着物も、赤ちゃんに着せるものも、おしめの用意だってろくに出来てないのよ。（縫い物をしながら）この夏からは、あんなに身体の弱ったお義母さんに無理いって、また台所をお願いしているんですもの。入院の準備までしてもらうわけにはいかないわ。今夜のうちにこれだけは縫っておかないと月始めの入院には間に合いそうもないの。それで今さっき、私に何を話されたの？——歌集の題名？「仕事の後」にするっていってたじゃない。

——そうね、あなたの言うとおり「仕事の後」って、なんだか味が乏しいわね。そうなの、もっといい題名みつかるといいわね、（また欠伸がでる）ごめんなさい。京子がお腹にいた渋民村じゃ、実家に帰ってお産するまで水汲みをやってたわよね、でも、今度のお産がこんなに大変とは思わなかった。この夏を無事過ごせたのが不思議なくらいだわ。あの暑さだったでしょう、流れる汗を我慢して、ただじっとお腹を抱えて横になっているだけの日が続いたわ。秋になってやっと涼しくなってきたと思ったら、今度は一日中眠くて眠くてたまらないの。（欠伸が出てくる）——節、せめて黙っていてくれ、はいはい、書き物の邪魔になるだけね、もう黙りますよ。（ひとり言のように）節は、なんだか身体のすぐれない、今の節子は、丈夫な赤ちゃんを産むことで精一杯なの。でも、節は女ですもの、丈夫な赤ちゃんを産む為なら命を削ってもおしくはないの。それをどうか、わかってくださいな、（と

縫い物を続けるがその手がいつしか止まり、眠りはじめる）

歌が映る。

夜おそく
つとめ先より帰り来て
今死にしてふ児を抱けるかな

かなしくも
夜明くるまでは残りぬ
息きれし児の肌のぬくもり

明るくなると房総の節子。

**節子**　元気に生まれてきた子どもは男の子でした。苦労した甲斐があったと喜びもひとしおでしたが、わずか二十四日の命だったのです。（歌集を手にして）啄木は、この、題名を『一握の砂』とあらためて出版された歌集の初めに、さんざお世話になった金田一京助さん、宮崎郁雨さんに捧げると記したあと、亡くなった子どものことにふれて一文を載せています。

（歌集を手に読む）「また一本をとりて亡き児真一に手向く。この集の稿本を書肆《しょし》の手に渡したるは汝の生まれたる朝なりき。この集の稿料は汝の薬餌《やくじ》となりたり。而してこの集の見本刷を予の閲《けみ》したるは汝の火葬の夜なりき。」

（両手で顔をおおって暫しの間）……（こみ上げてくる悲しみをふりはらいながら）でも私が子どもをなくした悲しみに打ちひしがれている間にも、啄木は気力をふるいおこして次々と新しい作品や評論を書き続けておりました。（土岐哀果の写真が映しだされる）啄木が朝日新聞で土岐哀果さんの作品を批評したことがきっかけで、二人が旧知のように親しくなり、めいめいの名前をとった、青年むけの雑誌『樹木と果実』の出版も計画しておりました。

……この頃、啄木は、自己の改善をさらに徹底するには、今の不合理な社会をそのままにしていては不可能であるとしきりに申しておりました。『一握の砂』の出版準備と並行して書いていた『時代閉塞の現状』という評論が、その頃の考えをよくあらわしていると思えます。啄木が、力のこもった作品を書いている時には、部屋から資料などをめくる紙の音がときおりするだけで、しんと静まりかえって、あの小さな身体から出てくる熱が、傍にいる私にも伝わってくるんです。あらためて手にしたこの評論の言わんとするところを見ると、希望を抱いて生まれた明治という時代が、日露戦争の後になると日本は世界に伍する大国になったと叫ばれるもとで、国家の強権がすみずみまでゆきわたり、貧富の差が進んで失業者と犯罪がふえ、社会の組織のすべてのものがよくないほうにむかっている。この時代閉塞の現状への盲目的な反抗や、そこから逃避して刹那主義に向かっている自然主義文学の時代は終わった。必要は最も確実な理想だ。これからの文学は、「今日」を研究して「明日」の時代の考察にむかうことが大事だ……。

この評論は、明治四十三年の六月に起った、世に言う大逆事件に啄木が大きな衝撃をうけ、そこから想を得て書いたといっておりました。……おそれおおくも、天皇の暗殺を企てた……として多くのものが逮捕されるというこの大逆事件は、日本中をアッと驚かせました。誰もが、ただならぬものを感じて、私も市場に行くと、買い物籠をさげた主婦までが、声をひそめ、〈あの事件〉といって熱心に噂しあう姿をよくみかけました。この大事件以来、政府は社会を批判するすべての言論を厳しく取り締まるようになり、どの新聞社も啄木のこの評論を載せることは出来なかったのです。

**時代閉塞の現状を奈何《いか》に背む**
**秋に入りて**
**斯く思ふかな**

つづいて幸徳事件を報じた当時の新聞が映しだされる。

**節子**　啄木は、『時代閉塞の現状』を書いた後も、この事件の裁判に強い関心をもち、あくる年の正月には、新詩社いらいの友人で、事件の弁護人をつとめていた平出修さんから、くわしい資料をかりて夜遅くまで調べておりましたわ。啄木は、毎日机のまわりを掃除する私に、この書類には獄中の幸徳秋水から弁護士へ宛てた手紙もある、けっして口外してはならぬといい、それを手にした時は震えが止まらなかったことを覚えておりますわ。調べがすむ間、京子などの手にとどかぬところに厳重に隠しておりました。……事件をつぶさに研究した啄木は、逮捕された二十四名のうち、社会主義者の幸徳秋水はじめ二十名は

無実であることを確信したと話してましたわ。幸徳らの主義は、社会組織を批判しても、
個人の暗殺とは無縁のものだともいっておりました。
（日記を開き）明治四十四年二月十九日の日記には、死刑の判決を知って、啄木はこう書
いています。（読む）「朝に枕の上で国民新聞を読んでいたら俄に涙が出た。『畜生！　駄
目だ！』そういう言葉も我知らず口に出た。」
（日記を閉じて）そして社会がいっそう暗い方へ向うなか、私たちの暮らしの方も、私の
身体の衰弱もひどくなる一方で、心配していた事が次々と起こってゆくのです。

歌が映る。

ふくれたる腹を撫でつつ、
病院の寝台に、ひとり、
悲しくてあり

**節子**　二月に入って、お腹が異常にふくれあがってきた啄木は、家まで診にきてくださっ

た作家でお医者さんの木下杢太郎さんから、すぐにも病院で詳しい検査が必要だといわれたんです。（若山牧水が映し出される）。その夜には、若山牧水さんが自宅にこられて、あのさびた声で「今は実際みんなお先真暗でごあんすよ」と二度も呟かれていたのが思い出されますわ。直ちに検査に行った結果、啄木は急遽大学病院の施療室に入院ということになるのです。この時の啄木の病名は、慢性腹膜炎ということでした。啄木が手術のあと肋膜に水がたまって四十度を越す発熱が続いたときには、わたしの病気どころではなく、深夜まで病院で付き添い、それから弓町の喜之床の二階にかえって眠るという生活が続きました。そして三月になり、これ以上はよくならない患者を預かる余裕はないと、啄木は退院を余儀なくされてしまうのです。退院したものの熱はいつまでたっても下がらず、啄木はとうてい新聞社に出勤できる身体ではありませんでした。にもかかわらず、東京朝日新聞の編集長であった佐藤真一さんは、啄木を亡くなるまで社員においてくださったのです。ほんとうに今でも感謝でいっぱいですわ。でも、それからは、私が銀座六丁目にある朝日新聞社に出かけていって受け取る月給の前借りだけが命綱という、心細い生活になってしまいました。

歌が映る。

ある日、ふと、やまいを忘れ、
牛の啼《な》く真似をしてみぬ
妻子の留守に。

**節子**　家のなかには、啄木がどんなに貧乏しても取っていた何種類もの新聞を、ただ、広げては読んでいるだけの、気力も足腰もすっかりおとろえたお義父さん。啄木の入院中、家事をあずかって身体をこわし、枕をはなせなくなったお義母さん。それにお産の後、咳がとまらず肺尖カタルで胸の痛みがひどくなる一方の私。元気なのは娘の京子ひとりだけという家族になっていったのです。悪いことは続くもので、家族の病が結核ではないかと疑いはじめた喜之床さんまでが、客商売を気にして再々にわたる二階明け渡しの要求です。もともと階段の上り下りが苦痛になっていた私たちにとっては、あたらしい家に転居することは望むところでした。でも、その転居をする費用がありません。最後の頼みである宮崎大四郎さんからは、すでに転居のための借金をしており、そのお金はこの間の入院代や薬代のために遣い果たしておりました。いくらなんでもまた申し出ることなど出来なかったのです。
丁度その頃でした。盛岡の父が家屋敷を売り払って函館へ移り住むという報せがとどくのです。役所を定年で退職した父が、函館の樺太建網漁業水産組合連合会の主事という、新しい職を求めての出来事でした。私は、この機をのがしてはならいと、盛岡行きを決意するのです。しかし、それが私と啄木のあいだに生まれていた溝をさらに大きくしてしまうのです。（暗くなる）

歌が映る。

**ひとところ、畳を見つめてありし間の**
**その思いを、**
**妻よ、語れといふか。**

明るくなると、啄木の枕もとの節子。

節子　あなた、起きているの。気分はどう？

――気分がいい筈はない？　じゃ午前中はお休みになるといいわ。……でもあなた、私も昨晩は一睡もできずに考えました。やはり、この際のことですもの、私を信じて盛岡にかえしてくださいな。両親と会うことができたら京子と二人ですぐに帰ってきます。お義母さんだってあの身体ですもの。

――妹の孝子からの手紙を見せろというの？　……あれは、質屋の帰りに落したと言ったじゃありませんか、――同封の五円の金はどうして一緒に落さなかった？（おろおろして）そ、それはお金だけは大事だと封筒から出して胸にしまいこんでいたのよ。

――帰るなら京子をおいて一人で帰れ？　無茶をいわないでください。きかん棒の京子をおいてったら、もう、お義父さんやお義母さんの力じゃ手におえなくなってるのよ、それに毎日のように熱が上がったり下がったりしているあなたがどんなことになるか、おわかりじゃありませんか。

――京子の母親である権利を捨てて一生帰らないのなら、盛岡にいけなんて、あなたは本気でそんなこと言ってるの。何をそんなに怒っているのか節にはわからないわ。――だったら、盛岡からきた手紙を出せ？　そうですか、それを出せないなら、私を信用出来ないとおっしゃるのね。その手紙のことだけど、（きわまって）あなた、あやまりますわ、ごめんなさい。……妹の孝子から手紙がきたというのは、嘘でした。

――もうお前とは口をききたくない、この家を出てゆけといわれても、どうか聞いてください。私が先だって新聞社にあなたの給金の前借りを頼みにいったとき、電車のなかで同郷の小山シゲさんにたまたまお遭いしたんです。あなたもご存知でしょう、上京したあとも、家が近くだったものだから、なにかとお世話になった。私、思い切って旅費にするためにシゲさんから五円、お借りしたんです。嘘をいったのは、あなたに心配をかけたくなかったから――そんなに怒らないでください。

――たしかに、五円は大金です、でも、これは、私の責任で借りたのですわ、――おまえの借金は俺の借金だと言われても、これは私が必ず返しますから安心してください。私にはあてがあるのです、盛岡に行ったら、両親に頼んで、この二階から新しい借家に移るお金を借りてくるつもりなんです。父が盛岡の家屋敷のすべてを売り払って函館にゆくんです。きっと私達に融通できるだけのお金の余裕はあると思うんです。――本気ですわ。私は真剣に考えてのことなんです。――どうして絶対にゆるさん、帰るなら離縁だなんて、そんなに怒鳴り散らすのか、私にはわかりません！　あなた、どうしてなの、私たち、もうこの二階には住めないのよ。このままではあなたの薬だって買えないのよ。そのうえお義母さんだって、最近じゃ階段の上り下りにも大変でご不浄にも這うようにして通っているのよ。
――最近の俺がどんな作品や評論を書いてるのかわかってるのか？　そんなことといわれても私はこんな身体で、毎日が精一杯なのよ、――お前にはちっともわかっていない？　あなたは口をひらけばそうおっしゃるけど、あんまりですわ！　お産のあと衰弱がひどくて、ひどい頭痛や胸の痛みに悩まされているこの節に、あなたの書き物をくわしく読むことなど出来るわけないじゃありませんか。（咳き込むのをようやく抑え）でも最近のあなたの書いたものは危険思想だといわれて新聞には発表されない、土岐さんと計画されていた雑誌『樹木と果実』も、あなたの病気やいろんな事情がかさなって出せなくなり、あなたが辛い思いをしてることぐらいはわかっていますわ。あなたやめてくださいな、こんな日に起き上がると昼からまた熱が出るにきまっています。（とめようとするがあきらめて）
――たしかに、あなたのおっしゃるように、盛岡の両親はまだあなたの仕事を認めてはおりませんわ。
――父が私のことを、あなたの犠牲者だと思っている？　そんなことはありません、私を不憫だと思っても、父や母にかぎって私をあなたの犠牲者だなんて口にしたことは一度だってありませんわ。

——なんて事をするの、湯のみを投げつけるなんて！

——俺と一緒にいるのがそんなに嫌なら今すぐこの家を出てゆけ？（眉をひそめて聞き、足もとに転がった湯飲みをとり、こぼれたお茶を拭いていたが、叫ぶように）もうやめてください！（耳をふさいで我慢して）さ、この話はこれでおしまいにしてお休みになってください。（おどろいて）あなた、顔が真っ青よ。（そばの手ぬぐいをとって）そんなに汗をかいて身体にさわります、さ、これで拭きましょう。（啄木に近づいて拭こうとするが拒まれる）、枕もとが汗でぐっしょりじゃありませんか！　子どもみたいに駄々をこねるのはやめてください、風邪でも引いて肺炎にでもなったらとりかえしがつかなくなるんですよ。——わかりました、節は盛岡にゆくのはあきらめます。

——（泣き声になって）借りた金はどうするのか？　……この五円は今から小山しげさんに返してきます。（悲しそうにゆきかけるがあきらめきれず）でもあなた、わたしが嘘までついて盛岡に帰ろうとしたのは、私の病気のことだけじゃありません。あなたやお義母さん、お義父さんのことを思ってのことなんですよ。そりゃ北海道に堀合の家が移ってしまったら、よほどでないかぎり、もう会う事は出来ない、だからこの際、両親や妹たちにひと目会っておきたい、（涙がみるみるこみあげてくる）そんな気持ちがあるのは確かですわ。でも今度のことは、あなたの病気をなおそうと、あなたには今充分な静養がいるんです、これ以上悪くなると書きものだって出来なくなるかもしれないのよ。（涙をこらえながら）それを離縁する、京子をおいてゆけという、あなたが節にはわかりません。それなら私達これからどうして生きてゆけばいいんですか、いったいどうすれば、いいの！——俺のためと言うなら、絶対行くな？（啄木の拒絶に絶句してしまう）あなたはけっして許してくれないのね。私にはあなたの言うことがほんとうにわからなくなりました。（我を忘れて泣き叫ぶ。暗くなり）

歌が映る。

**女あり**
**わがいひつけに背むかじと心砕く**
**見ればかなしも**

病みてあれば心も弱るらむ
さまざまの
泣きたきことが胸にあつまる。

明るくなると房総の節子。波の音。

**節子**　（しばらく目をつぶっているが、気持ちを落ち着けるようにお茶を飲み）でも今思い返してみると、人が亡くなると、良いところばかりが思い出されるといいますが、どうしてあの時、啄木が怒りくるったのか、すこしは理解できるように思えます。啄木が文学者として、これまでにない新しい気持ちで『食うべき詩』や『一握の砂』を発表して、ひろく世に問うていたのです。……そして啄木は、いつかは清算したかったのでしょう、（一枚の紙を手にして）こうして、これまで借金をした人の名前と金額を克明に記録したメモを残しています。ここにありますわ、父の名前が。口にはだささずとも、新婚当初の、「小天地」を発行した時に、父忠操から借りた百円のことをけっして忘れてはいませんでした。それを返せてもいないのに、また妻の私におめおめと金の無心にいかせるなど死んでも出来やしない。それでは、歌詠みと軽んじられる、これまでの青臭い文士生活への逆戻りではないか。詩というものは、みずからの働きで生きている普通人が必要としている、その実人生となんら隔たりのない心をもって歌う詩でなければならない。詩人は、一にも、二にも、三にも「人」でなければならないと書いた自分の評論、『食うべき詩』に嘘をつくことになる。それが長年つれそってきたお前にはわからないのかと、熱も手伝ってあのような癇癪をぶつけたように思えるのです。まして、自分の仕事を認めていない私の父・忠操にたいしては男の意地もあり、なおさらだったのではないでしょうか。

……ところがその後、妹をとうして実家から「アイタシスグコイ」の電報と五円の旅費が送られてきたことに、啄木は病的ともいえる癇癪を爆発させ、お金をつきかえすばかりか、このようなことをするなら今後両家の関係を絶つという手紙を出す始末。私はほとんど啄木を憎んでおりました。なんと見栄っ張りで、家族の苦労をかえりみない強情な夫と、けっして許してはいなかったのです。だって、盛岡での工面をあきらめても、現実には誰かにお金を借りなければ生きていけないところにきていたんです。結局は、また宮崎大四郎さんに頼んで新たに四十円の援助をうけるほかなかったのです。実家にお金を借りることにはあれほどかたくなに拒絶した啄木が、宮崎大四郎さんからの援助は拒まない、とても矛盾するように見えますわ。でも啄木は、大四郎さんからの援助は、終始かわらぬ自分の文学への理解者、同志からの援助であると考え、それは自分の文学に嘘をつくことにはならないと思っていたようです。

……それが啄木の思いこみであったことはその後に明らかになってゆくのですが、ともかく私たちは、ようやく喜之床から引っ越すことができたのですわ。新しい小石川の借家は、周りも木立にめぐまれた平屋の一軒家で、小さくても庭がありました。しかしせっかくの新居へ移ってまもなく、お義母さんが高熱で倒れてしまうのです。あとでわかったのですが、カツお義母さんは早くからゆっくりと進行する肺結核におかされていたのです。

……一家の病の最初はカツお義母さんだったのです。でもうらむ気持ちなど毛頭ありません。今の医学ではどうしようもない病なんですもの。そんなある朝、お義父さんが、食扶持をへらすためと三度目の家出をしてしまうのです。哀れというほかありません。

そしてその年の九月、猛暑が去って小さな庭の叢《くさむら》から虫の音がきこえる頃、宮崎大四郎さんが出した私宛の手紙をめぐって、大きな事件がもちあがるのです。(暗くなる)

歌が映る。

人間のその最大の苦しみが、
これかと
ふと目をばつぶれる

やまひ癒えず、
死なず、
日毎にこころのみ険しくなれる七八月（ななやつき）かな

明るくなると髪を短くきった節子。

**節子**　今夜は、わたしが、何故、女の命の髪を切ったのか、その本当の気持ちをあなたに聞いていただきたいと思います。さいわいお義母さんもさきほどのお薬が効いたのかぐっすり眠っています。あなたの容態も今夜は落着いた様子。わたしは大四郎さんからの手紙で、私にはとても耐えられない事があなたとの間に起こって、二人で話し合える時を待っていたのです。

――あなたは私が買い物から帰るなり、大四郎さんが私に宛てた手紙をこの畳にたたきつけ、大声で私を怒鳴りつけました。郵便物のなかにあったこの匿名の手紙が気になってあけてみると、これは何だ！ それで、おまえ一人の写真を写して、この手紙の望むとおり、大四郎のもとに送る気か！ 今日限り離縁するから薬瓶を持って実家に帰れ、京子は連れていくな。そのようなことをこの前の、私の盛岡ゆきに反対したとき以上の剣幕で怒鳴りつけました。聞いていると、まるで私が不貞をはたらいているかのような怒り方でしたわ。それがとなりの部屋で臥せっていたお義母さんの耳にもとどいて、あなたが可哀そうだといって泣き、だからといって病気の私を家に帰すのは可哀そうだと泣きわめく騒ぎになってしまいました。引越しの手伝いもあって、わざわざ北海道の旭川からきてくれている、年頃になった妹の光子さんの耳にも、あなたの声はとどいたはずですわ。……あの時の私は恥ずかしくて恥ずかしくて、それよりも何よりも口惜しくて、悲しくて、ただただ泣き崩れる他はありませんでした。

……あの出来事があって私は考えました。わたしが、大四郎さんのことを兄さんとよんで、親戚のような親しみを寄せてきたといっても、それがあなたにかわる人への愛情でないことは、あなただってわかっているはずですわ。

――いえ、あなたのことはあとで聞きたく思います。お願いですから、もう少し辛抱して私のことを聞いてください。大四郎さんだって、私の妹のふき子と結婚して今では子どももうけているんですよ。親戚となった大四郎さんが、病気が悪くなるいっぽうの私に過ぎた同情を寄せたにしても、それが私のことを女として、不貞をもとめるようなものでないことは、あなただってよくわかっているはずですわ。（とめて）熱が出るわ。そのまま枕して、お願いですからもう少し、節に話させてください。私は、さんざ泣きあかした後に、何故あなたが、あんなとげとげしい、まるで私の心《しん》の臓をカミソリで切り裂くような言葉で私をなじるのか、どうしてそこまであなたを怒らせたのか、それを考えるようになりました。

……思えば、生まれたばかりの真一が、わずか二十四日で、あの愛らしい目を閉じたとき、わたしははじめて、子を亡くした母親の、涙も枯れてしまう、身体中からすべての力がぬけていくほどの悲しみと苦しみというものを味わいました。身もこころも疲れ果て、石のように冷たくなってゆく自分をどうすることもできなくなっていきました。せっかく、あたらしい子どもをさずかっても、何年も続く借金と質屋がよい、明日のお米の心配にあけくれる、栄養がなんとしても必要なのに、満足なものなど一度だって口にできない貧乏な暮らし。そのうえ母親の私まで体調を崩したままでは、お腹の赤ちゃんも元気に育つはずがありません。……私たちがあの子の、命を奪ってしまったのではないか、そんな事まで考えるようになっていきました。そして、いつしか、あなたの犠牲になっている、こんな思いは、結婚当初から、節が一番に拒んできたものですわ。でも、いつしか、そうした思いが私の胸に棲み着くようになってゆきました。そして近頃では、それを拒むどころか、みずから受け入れるようになってゆきました。

大四郎さんが、私の病がもう一方の胸にまで広がっていると知って、とりかえしのつかないことにでもなれば、親戚のひとりとしても死にたくなるほど悲しいことだ、まして両親の悲しみはもっと深い、早く実家に帰って養生するのが一番だと手紙で強く言ってきても……隠しもっていたその手紙もあなたに見せました。もう節は、あなたへの、いっさいの隠しだてはありません。枕のあがらなくなったあなたやお義母さんをおいて私だけが実家に帰る、そんなことは絶対に出来ないことと知りながらその手紙を捨てきれず、あなたに隠して持っておりました。（目が哀しみで濡れている）

……そして、つい先日の、私の写真を送れと書いてきた大四郎さんの手紙を読んで、あの時あなたは、まるで鬼のような顔をして、こういうことを知らずに大四郎を信用してきた、これまでの友情は何だったのかと、同封の為替を破り捨ててしまいましたわね。なぜあのようにあなたが心底怒るのか、節にはわからなくなっていたのです。……でも、あなたが本当に怒っているのは……本当に怒っているのは、この節子の、私のこころが、そのようにあなたから離れてしまっているからではないか、そう思えるようになってきたのです。……今ではろくに書物を読めなくなってしまった節であっても、あなたが地道に自分を変え、新しい詩をつくるために、日夜努力していることはわかっています。田舎育ちの私には辛い東京での生活だけれど、あなたといっしょにこうして暮らしてきたのです。節には、とてもあなたの仕事のすべてはわからないにしても、それくらいはこの肌でわかります。あなたは、貧乏と、私以上の病気の辛さに負けないで、少しでも熱がさがれば机に座り、日々の生活に足をつけながら、あくまで理想と言うものを失わず、ほんとうの文学をもとめて、命を燃やすように努力されていますわ。でも、私は、節は……生活の辛さに、負けてしまっていたのです。それがあなたにとってどんなに冷たい妻になっていたか、それがわからない女に節はなっていたのです。あなたが、文学の道を求めて初めて上京したとき、私がおくったあなたへの餞《はなむけ》の言葉、「理想の国は詩の国にして、理想の民は詩人なり」（嗚咽をおさえ）節はあなたを信じ、あなたがほんとうの詩人になるまで命をともにすると誓ったことを忘れてしまっていたのです。節子は、現実の苦しさに負けてしまい、いつしか、理想というものを忘れていたのです。ゆるしてください、この節をゆるしてください。（頭をたれ、肩をふるわせている）

——え？ もっと近くに、はい。（傍にゆく）

——自分も悪かった？ 俺は自分勝手な思いこみをして大四郎に甘えてきた、青臭い文士の尻尾を絶たねばならない、お前には苦労をかける、すまない……（涙がこみあげる）あなた！

——ええ、（眼を光らせ）節も、覚悟をいたします。これからもっと苦しい生活になったとしても、大四郎さんや実家に頼るつもりはありません。

——え、何と言いました？（聞き取るようにして）家庭をもった金田一君も俺の思想は過激すぎるといって、最近では疎遠になった。（うなずきかえして）私もそれをとても淋しく思っておりましたわ。

——大四郎も、自分がもとめる平等で自由な社会はこの日本では実現しないと手紙で言ってきた。しかし自分の理想は天からのものではなく、生活の必要から生まれたものだ――あなた、苦しくなったのですか。お水ですね。（と啄木の頭をささえ、水をのませてやりながら）さ、もう休みましょう、これ以上しゃべるとまた熱があがりますわ。今日はもうお休みになってください。

――はい、（耳を近づける）。……節のことは、わかった、今夜は眠れそう、だ。……あなた！（節子の瞳から滂沱の涙が流れおちる）節は、節のこころは、もうあなたから離れることはありません。（ひとり嗚咽し、暗くなる）

歌が映る。

いつか、是非、出さんと思ふ本のこと、
表紙のことなど
妻に語れる。

**今日もまた胸の痛みあり。**

死ぬならば
ふるさとに行きて死なむと思う。

明るくなると、房総の節子。

**節子**　（原稿を風呂敷につつみながら、ふと手をとめて）それにしても、あの痩せ細った身体でよくぞ書き残したと感心いたします。（包みおわり、手紙を書く）土岐哀果様、今日になるまで、遅れて申しわけありません。ようよう好便に託して原稿二包み出すことが出来ました。歌集や遺稿、出版につきましてはいろいろお骨折り下さいまして、ただ、ただ深く感謝しております。……ふた月前の花散る今日は、主人の死んだ日で御座いました。（手紙を封筒にいれる）
——あら、片山さん、ご迷惑をおかけしますが、丁度今、用意できました。手紙と小包み二つ、少し重いものですが、この身体ではお願いするほかありません。（包みを渡し深々と頭を下げて見送る）有難うございます。
（机にもどって封筒をとり）東雲堂書店から、啄木の新しい歌集の出版届けに調印してほしい旨の知らせが参りました。……土岐哀果さん、若山牧水さんが奔走されて、啄木が亡くなる数日まえに、二番目の歌集、『悲しき玩具』の出版が決まったのです。その稿料の二十円を持って駆けつけてこられた牧水さんに、啄木は、枯れ枝のようになった片手で拝むようにしてお礼をのべ、落ち窪んだ両の目から涙を流して喜んでおりました。啄木は、カツお義母さんが亡くなったひと月あとの明治四十五年四月十三日、二十七歳の生涯を終えました。

葬儀は、東京朝日新聞社編集長の佐藤真一さん、土岐哀果さん、若山牧水さん、金田一京助さんらのご尽力でとりおこなわれました。生前、啄木は、人より先に目覚めたものは、次の時代のための犠牲を覚悟しなければならぬ、と申しておりましたが、そのような生涯であったと思っています。私は元気な赤ちゃんを産むという、啄木との約束を果たさなければなりません。少し疲れたようですわ。私も、やすまなければなりません。(机の上に静かに伏す)

節子に光りしぼられ、次の文字が映しだされる。

《房総で無事出産を終えた節子は、二人の子どもを育てるために函館にゆく。

節子は、啄木が亡くなった一年後、明治から大正になった、一九一三年、五月五日、病状が悪化し二十八歳の生涯をおえた。

国権の言論抑圧で発表されなかった評論『時代閉塞の現状』、幸徳秋水ほか十二名が死刑、他十二名が無期懲役となった大逆事件の真実を明らかにする多くの資料・記録と論考。土岐哀果と二人で出版を計画していた雑誌『樹木と果実』、その創刊号のために書かれた『果てしなき議論の後』『墓碑銘』『飛行機』などの九編からなる詩集『呼子と口笛』。これらの作品は、『一握の砂』『悲しき玩具』とともに、新しい時代の到来によって次々と発表された。

節子によってまもられた啄木の日記は、戦後になってようやくその全貌が明らかにされ、近代になってこの国に生まれた詩人の魂の記録として、現代の私たちに、生きる意味を問いつづけている。》

音楽たかまり

《幕》

## 参考文献

『石川啄木全集』全八巻、筑摩書房（一九六八年）
『石川啄木全集』全五巻、昭和四年、改造社版復刻・ノーベル書房
土岐哀果『啄木追懐』改造社
若山牧水『石川啄木の臨終』河出書房
――――『石川啄木読本』河出書房、一九五五年版
金田一京助『定本石川啄木』角川文庫
岩城之徳『石川啄木伝』筑摩書房
吉田孤羊『啄木を繞る人人』改造社
堀合了輔『啄木の妻節子』洋々社
三浦光子『悲しき兄啄木』初音書房
澤地久枝『石川節子――愛の永遠を信じたく候』講談社
宮崎郁雨『函館の砂』東峰書院
石川勉次郎『私伝石川啄木　暗い渕』桜楓社
加藤悌三『石川啄木論考』啓隆閣
塩浦　彰『啄木浪漫――節子との半生』洋々社
近藤典彦『国家を撃つ者・石川啄木』同時代社
西脇　巽『啄木の友人　京助、雨情、郁雨』同時代社
中野重治　啄木に関する全ての著作。
『文芸臨時増刊　石川啄木読本』河出書房、一九五五年版
『新文芸読本　石川啄木』河出書房、一九九一年版

その他

# あとがき

節子の手で残された、啄木の膨大な日記のなかの、最後の年の日記は明治四十五年日記と題するのではなく、なぜか「千九百十二年日記」と記されている。

その日記を、『節子星霜』を書き終えたあと、あらためて読んだ。

この年の正月、貧苦と病苦は、啄木一家を絶望的な状況にまでおいつめていた。しかし啄木は、暮れの三十一日から始まった市内電車の車掌、運転手のはじめてのストライキに「明治四十五年がストライキの中に来たといふ事は私の興味を惹かないわけには行かなかった。」と正月二日の日記に記している。だが、啄木も節子も互いをいたわる余裕もないほどに病気がすすみ、母カツはついに喀血し、一家の病が当時不治とされていた結核であることを知らされる。

一月二十八日になると、家族にはたったの一円しか残っていない。もともと、啄木一家は、暮れには一円十三銭五厘しか持たずに正月を迎えていた。その後入った金といっても、雑誌『学生』の原稿料を前借できなかったのを、自分のポケットからだして正月早々送ってくれた西村真次からの五円、一月末に森田草平が、啄木のために夏目漱石夫人から貰ってきたという十円などであり、それらも、すでに使い果たしていた。

その翌日、朝日新聞社の同僚十七名による見舞金三十四円四十銭と「新年宴会酒肴料」の三円が編集長の佐藤真一によって届けられる。「私はお礼を言ふ言葉もなかった」と啄木は深く謝し、「夜にせつ子の綿入と羽織と帯を質屋から出させた」とある。真冬に暖をとれる着物と外出できる着物をやっと節子はとりもどせたのである。翌日には、「せつ子が子供をつれて本郷まで買い物に行き、こしらへ直す筈の私の着物を質屋から出し」「子供は久しぶりに玩具だの前掛けだのを買って貰って喜んだ」とある。その日の夕食後、啄木は、「非常な冒険を犯すような心で」、俥(人力車)に乗って神楽坂まで行き、原稿紙を求め、帰りがけにクロポトキンの『ロシア文学』を買っている。「本、紙、帳面、俥代すべてで恰度四円五十銭だけ使った」とある。

やがて、二月二十日には、手もとの金も次第になくなり、「母の薬代や私の薬代が一日約四十銭弱の割合い」でかかり、「質屋から出して仕立て直さした袷と下着とは、たった一晩家においただけでまた質屋にやられた。その金も尽きて妻の帯も同じ運命に逢った」

と書き、そのあとに「医者は薬代の月末払いを承諾してくれなかった」と凍りつくような言葉を残している。そして、これが啄木最後の日記となった。

ああ、啄木、節子よ。詩人として懸命に生きた啄木やその妻・節子にたいし、このように最後まで冷酷にふるまった社会を、私は決して許しはしないだろう。

そして、また、酷薄な運命にさらされたのは啄木一家だけではなかった。日露戦争勝利後の不景気のもと、世界の大国に仲間入りをしたと声高に叫ぶ近代天皇制国家とはうらはらに、多くの国民は大なり小なり、啄木一家のような生活をしいられていたのである。啄木は妻・節子にささえられながら、一番星のように、時代に呻吟する大多数の国民の側に属する詩人として日本の大地に足をつけ、大逆事件いらい顕著となった冬の時代・時代閉塞の現状のなか、全身で社会と人間の真実への追及をゆるめなかったのである。しかも、世界には先行する社会的モデルはまだ地上には生まれていなかった。啄木や節子の姿は、自力にたより、道なき道をひらき、指に血を流しながら岩盤を削り、漆黒の闇を裂いて、まだ薄明かりのまま、這うようにして遥か光さす地へむかうようなものであった。しかし彼らはひるまずまえのめりで死んでいった。

あれからおおよそ百年たった今日、かって地上に生まれた社会的モデルのおおかたがいったん敗北し、新しい冬の時代、時代閉塞が厚く覆っている世界に私たちは生きている。近代という、同時代に生きた節子や啄木の幾星霜から、新しく生きる知恵と勇気をあたえられないはずはないと、私は信じている。あとは一人でも多くの読者と出会うことをひたすら祈るのみである。

私もまた本の出版が一人ではけっして出来ないことを痛感させられている。『節子星霜』の出版に際し、推薦文をよせてくれた別役　実をはじめ、加藤　剛、喜多哲正、吉原豊司の諸氏にこころから感謝を申し述べたい。

また、同時代社の川上　徹氏、高井　隆氏との〈出会い〉がなかったら本書は生まれなかったといっていい。過剰すぎる情報が錯綜している社会でこのような出版社が存在することはまことに心強く、貴重に感じるのは私ひとりだけではないであろう。

山本　卓（やまもと・たく）

1938年、大阪市港区で生まれる。

1956年、追手門学院高等学部卒業。

早稲田大学第一文学部演劇科に入学。在学中、演劇サークル「自由舞台」に参加。

1960年、早稲田大学中退。

劇団はぐるま座に入団。主として創作、演出にたずさわる。

沖縄戦を生きぬいた母たちを描いた『南の島から』の創作、演出。全国七百回公演。小田和生作『高杉晋作と奇兵隊』・田中正造を描く『亡国の構図』の演出。

その他、創作、脚色、演出多数。

2000年、劇団と訣《わか》れ、フリーの作家、演出家になる。

2008年、『節子星霜』脱稿。

啄木の妻――節子星霜

2008年6月10日　初版第1刷発行

著者　山本　卓
装画　水田　潤
装幀　クリエィティブ・コンセプト
制作　いりす
発行者　川上　徹
発行所　㈱同時代社
〒101-0065　東京都千代田区西神田2-7-6川合ビル
電話 03(3261)3149　FAX 03(3261)3237
印刷　モリモト印刷株式会社

ISBN978-4-88683-625-0